Matteo Renzi

# Fuori!

Rizzoli

ISBN 978-88-17-04899-6

*Prima edizione: febbraio 2011*
*Seconda edizione: febbraio 2011*
*Terza edizione: marzo 2011*
*Quarta edizione: marzo 2011*
*Quinta edizione: marzo 2011*
*Sesta edizione: marzo 2011*
*Settima edizione: aprile 2011*

# Fuori!

«Non buttare via il tuo tempo
o il tempo butterà via te.»
*Muse*

# A viso aperto

«Molti muoiono a Firenze non avendo potuto nascerci.»
*Ennio Flaiano*

Ci risiamo. Un altro sindaco che scrive un libro. Ma non potrebbero occuparsi di delibere e ordinanze anziché invadere le librerie?

Immagino le critiche. Il punto è che tutte le mattine, quando salgo le scale di Palazzo Vecchio per entrare in ufficio, penso che sono fortunato e che dovrei pagare un biglietto di ingresso. Dovrei urlare il mio grazie, perché faccio un lavoro fantastico.

Ok, lo so: la maggioranza dei miei colleghi politici dice che è una gran fatica, che va tutto male, che loro lo fanno come atto di dovere, qualcuno persino come atto di dolore. Quando li guardi al tg della sera hanno la faccia corrucciata, tipica dei professionisti del piagnisteo. Ma non credeteci. La politica, se fatta a viso aperto e cuore sincero, è una sfida che vale la pena giocare, un'esperienza difficile ma meravigliosa.

Ci hanno spiegato fin dai tempi del liceo che l'inizio di un libro è fondamentale. Deve appassionare i lettori. Deve tenerli incollati alle pagine. Immagino la reazione entusiasta di chi leggerà fin dalle prime battute che la politica è meravigliosa. Ma insisto, prima che chiamiate il 118 insisto.

Provate a immaginare che guazzabuglio di emozioni si possa provare guidando una città di cui mezzo mondo è innamorato. Una responsabilità struggente e straordinaria.

La stanza da lavoro del sindaco è intitolata a papa Clemente VII. I personaggi degli affreschi del Vasari sembrano prenderti le misure. Stanno lassù, sui muri, quasi imbronciati o annoiati; del resto in questa sala ne hanno viste di tutti i colori. Ti copre le spalle, quasi a proteggerti, la solenne rappresentazione dell'assedio della città voluto dalle truppe di Carlo V: battaglia storica, finita male. Per fortuna i fiorentini fecero in tempo a inventare il calcio, in piazza Santa Croce. E a salvare l'onore. Sulla destra la battaglia di Gavinana ricorda l'episodio in cui perse la vita Francesco Ferrucci, per mano di Maramaldo, il vigliacco per eccellenza. Quasi un'esortazione ad agire sempre con coraggio. Anche dal pavimento salgono messaggi subliminali, come il simbolo della tartaruga con la vela, voluto da Cosimo: ti invita a essere veloce, ma saggio. Deciso, ma prudente. Quando la sera clicchi sull'interruttore per andartene e le finestre lasciano intravvedere la penombra della sala, ti rendi conto di essere davvero un nano sulle spalle di giganti.

Fuori, intorno a tanta bellezza, invasa da tanta bellezza, stritolata da tanta bellezza c'è Firenze. Una città piena di polvere, tutta schiacciata sul passato, affermano i critici. La migliore destinazione culturale del mondo, secondo le principali riviste turistiche non solo americane. E anche secondo gli utenti TripAdvisor, che nel mappamondo di internet formano una nazione di 44 milioni di cittadini che esprimono i propri giudizi sulle mete turistiche.

Nel palazzo dove lavorarono i Medici e Machiavelli, dove Leonardo e Michelangelo si sfidarono, adesso ci siamo noi. Segno inequivocabile del declino di una città, diranno i più. Ma questo palazzo pieno di enigmi e fascino può essere soprattutto un simbolo dell'Italia intera. Una terra fantastica, benedetta nei secoli, ricca di genio. Una terra che oggi è però infiacchita da polemiche assurde, da divisioni politiche incomprensibili persino agli addetti ai lavori, impigrita in un pensiero unico che sembra condannarci a un futuro di mediocrità.

Non usiamo i soliti giri di parole, i soliti tentativi diplomatici di definire la realtà. Diciamo le cose come stanno. L'Italia è ferma. Siamo nelle sabbie mobili. Oggi sono gli sbadigli e un crescente senso di nausea il commento più spontaneo e diffuso alla cronaca politica. Purtroppo è così. La situazione è talmente grave che le chiacchiere lasciano il tempo che trovano: occorre uno sforzo personale di tutti e di ciascuno per rimettersi in gioco. Non ci salverà un papa straniero e nemmeno un santone nostrano. Non basterà neanche il ricambio generazionale, servirà piuttosto un mutamento radicale per uscire da una politica autoreferenziale e stanca, che annoia anche chi la fa (o crede di farla). Per ridare respiro e credibilità a questa alta forma di servizio divenuta oggi, nell'immaginario collettivo, poco più che un'agenzia di collocamento. Collocamento mirato, certo: si salvano sempre i soliti...

Cresciuti a pane e Tangentopoli, educati nel mito dei governi tecnici, etichettati come bamboccioni incapaci di osare, chissà che non tocchi proprio a quelli della nostra età essere la generazione capace di tornare a pronunciare la parola speranza nel mondo politico.

A Firenze ci stiamo provando. Intendiamoci: stiamo sicuramente combinando un sacco di guai e la buonanima di Cosimo de' Medici si starà rivoltando nella tomba solo a pensare in che mani è caduto il suo palazzo. Ma ci stiamo provando davvero.

Dalle nostre parti, la rottamazione della vecchia classe dirigente non è argomento da convegni o da dibattiti filosofici, non è il titolo di un'intervista. È realtà. A Firenze la nuova generazione non ha chiesto il permesso. Ha vinto la sfida delle primarie, ha vinto la sfida elettorale e adesso governa. Se governi meglio o peggio di quella precedente, non tocca a me dirlo. Sono l'ultimo a potersi esprimere in merito. Ma non c'è dubbio che governi. Per statuto, il Comune di Firenze potrebbe avere sedici assessori. Adesso sono diventati dieci. Della serie: pochi ma buoni. Cioè, pochi sicuro, buoni si spera. Sono tutti alla prima esperienza, secondo il motto «facce nuove in Palazzo Vecchio». Non solo. Le donne sono la metà della giunta. Non ho mai creduto al femminismo ideologico e non ho mai amato le quote. Mi sembra un principio così banale. Però confesso di non aver trovato niente di meglio per incoraggiare la partecipazione femminile alla vita pubblica in una società che fa di tutto per non agevolare la donna, sia sul lavoro che nell'impegno civile. Conservo tra le email che più mi hanno colpito in questi anni quelle di un paio di mamme che hanno pagato con la carriera il fatto di aver messo al mondo un figlio. Per una società che crede nel futuro può esistere qualcosa di più atroce e straziante di una donna costretta a scegliere tra maternità e professione? Meglio di niente, vai con le quote rosa.

Rottamazione assicurata, e senza incentivi, anche nelle aziende partecipate: non importa se uno ha la tessera del partito, ciò che conta è che sia competente. I vertici della mia coalizione, ad esempio, rimasero prima senza parole e poi si scandalizzarono quando nominai alla presidenza della società dei parcheggi un puntiglioso commercialista che avevo conosciuto come oppositore. Già, era il consigliere di Forza Italia che in Provincia mi attaccava sempre sui conti, sul bilancio, sui numeri. Sulla politica non ci eravamo mai trovati d'accordo. Ma l'azienda dei parcheggi aveva bisogno proprio di un tipino così: il controllo rigoroso dei conti come priorità. E allora visto e preso: un signor professionista, anche se dello schieramento avverso. I miei compagni di strada polemizzarono invano. Ma, piaccia o non piaccia, l'unica tessera che secondo me conta è la qualità delle persone.

Vogliamo essere una città-laboratorio, insomma, per dirla in slang politico istituzionale. Quando c'è qualcosa di nuovo, si parla sempre di laboratorio. E vogliamo esserlo anche in argomenti duri, ostici, tabù. Facciamo l'esempio più noioso possibile, quello da sbadiglio garantito: l'urbanistica. Roba da addetti ai lavori, si direbbe a prima vista. E invece no. Si tratta del modo di concepire una città da qui alla prossima generazione. Una delle fregature della politica di oggi è che tutto è focalizzato solo sul presente, sul qui e ora, sull'immediato. Mancano pensieri profondi, che sfidino il tempo. Il piano strutturale dovrebbe essere il documento della città che immaginiamo per i prossimi vent'anni, non il bignami degli aspiranti geometri. Con tutto il doveroso rispetto per i geometri, per gli aspiranti tali e soprattutto per il bignami, insuperabile aiuto negli anni del liceo.

Per una volta abbiamo provato a progettare questo benedetto piano strutturale non partendo dalle solite indicazioni degli addetti ai lavori: quanto costruire, quali indici seguire, come edificare. No, per una volta abbiamo rovesciato il ragionamento. Abbiamo detto: piano strutturale a volumi zero. Insomma, per la prima volta nella storia di una grande città italiana si è detto basta al consumo di suolo. Vuoi costruire ancora? Prima butta giù altrove. Buttare giù, distruggere, sfasciare! Sì, il potere salvifico delle ruspe in una terra in cui le sovrintendenze vincolano e tutelano anche e soprattutto le schifezze.

La scelta è molto forte. Abbiamo provato a rovesciare l'impostazione. Mettiamo l'accento sugli spazi da mantenere vuoti piuttosto che su quelli da costruire. Proponiamo, sul modello di alcune grandi città nel mondo, che da casa propria ogni cittadino sia messo nelle condizioni di raggiungere un parco, un giardino, una piazza vivibile in non più di dieci minuti. Proponiamo cioè di impostare l'urbanistica fiorentina non più sulle varianti, sugli indici di fabbricazione, sui volumi da edificare, ma sulla possibilità per ogni donna e uomo, ogni bambina e bambino di avere a dieci minuti un luogo dove incontrarsi e stabilire una relazione. Se è vero che il cittadino globale vive tempi di solitudine, dobbiamo essere conseguenti nelle scelte. E noi siamo felici se i bambini imparano a giocare alla PlayStation e diventano campioni del joystick. Sarebbe assurdo cedere alla cultura del «si stava meglio quando si stava peggio» e rifiutare le chance dell'innovazione. Ma ci piace l'idea di offrire una possibilità più entusiasmante ancora: riscoprire il piacere di avere spazi in cui correre liberi, magari sbertucciandosi le ginocchia. Non è la nostalgia di un piccolo mondo antico che può sembrare fuori tempo e che è senz'altro fuori moda: è il desiderio profondo di non rassegnarsi alla solitudine, di diffondere comunità, di allargare le occasioni di condivisione. Sta qui, non altrove, il significato profondo del concetto burocratico «volumi zero».

Stupisce, poi, che un Comune possa prendere una decisione del genere senza troppe consultazioni preventive. Perché il termine «decidere» in politica sembra una parolaccia. Bisogna valutare, riflettere, disquisire. Per poi quasi sempre rinviare. La parola magica è «concertazione». Un grande presidente del Consiglio, Ciampi, la scelse come metodo innovativo per uscire dalla crisi: coinvolgere tutti, in particolar modo le associazioni di categoria e i sindacati. In quel momento particolare della vita del Paese è stata utile: all'inizio degli anni Novanta l'Italia stava andando a rotoli.

Nei quindici anni successivi la concertazione è diventata una parola vuota. In alcuni casi, addirittura, la scusa per rimandare le decisioni.

A Firenze, si è discusso a lungo della situazione indegna di piazza del Duomo. Il bel San Giovanni, il battistero tanto caro a Dante e a generazioni intere di fiorentini, era sfiorato ogni giorno da oltre duemila autobus, da migliaia di auto autorizzate più o meno regolarmente e da circa diecimila motorini. Chi avesse voluto fermarsi per ammirare le meraviglie della Cattedrale o il campanile di Giotto doveva preoccuparsi innanzitutto di non essere investito da un traffico che era sempre quello dell'ora di punta. E l'angolo della piazza era descritto dalla pungente ironia di Arbasino come «il più elegante spartitraffico del mondo». Dopo anni di concertazione che aveva lasciato le cose uguali e ferme come prima, decidemmo senza concertare. Sfidando i commercianti e i sindacati, che da un tempo infinito si attorcigliavano sulle possibili soluzioni, comunicammo a sorpresa e all'improvviso che avevamo scelto di pedonalizzare. Chiudemmo al traffico alla fine di ottobre dopo averne dato scarna comunicazione in Consiglio comunale il mese precedente. I commercianti e i sindacati lo lessero sui quotidiani il giorno dopo. Loro non lo sapevano, ma per sei mesi avevamo studiato le varie possibilità. Avevamo simulato i flussi di traffico. Ci eravamo convinti che la soluzione tecnica fosse fattibile. Ma non aprimmo alcun tavolo di discussione perché sapevamo che certe scelte o si fanno oppure diventano oggetto di polemiche infinite. La concertazione è tornata in soffitta e la piazza ha recuperato la propria dimensione di luogo di incrocio di persone, di confronto e condivisione, di accoglienza e discussione. È tornata a fare il proprio mestiere, il mestiere di piazza insomma.

Attenzione. Decidere non significa non ascoltare nessuno. Al contrario: è importante ascoltare tutti. Ma poi bisogna agire. Altrimenti la discussione politica diventa il bar dello sport: tutti dicono la loro, ma alla fine non cambia nulla. A Firenze abbiamo cancellato la concertazione, perché le categorie tradizionali sono ormai autoreferenziali almeno quanto i partiti. Puntiamo molto, però, sulla partecipazione. Proviamo cioè a stanare i cittadini dalle loro case. Non ci interessa che siano solo utenti, che siano solo consumatori, che siano solo spettatori: ci sta a cuore che si mettano in gioco. Tentiamo un esperimento: abbiamo diviso il territorio comunale in cento quadranti. Per ogni quadrante abbiamo scelto un progetto specifico. Un luogo fisico che abbiamo ricevuto in un certo modo e che vogliamo restituire al termine del mandato profondamente trasformato. Si convocano cento assemblee in contemporanea e per ognuna il Comune presenta un progetto e si apre alle critiche degli abitanti, dei comitati, delle associazioni. I tecnici del Comune prendono nota dei suggerimenti, accolgono gli spunti interessanti e motivano gli eventuali «no» che sono costretti a dire. E poi si parte per realizzare il progetto. Anche questo è laboratorio. Perché quando il cittadino vede un cambiamento concreto e vede che il Comune propone una cosa e poi la fa, torna la fiducia nelle istituzioni. E il risultato più bello è che le donne e gli uomini che lavorano in Comune si entusiasmano. Perché escono dalla grigia burocrazia quotidiana e rendono ragione, innanzitutto a se stessi, del loro tempo, del loro impegno, del loro lavoro. Per tutto il 2011 farò con loro e con i cittadini singole assemblee in tutti i cento luoghi scelti per concretizzare gli impegni assunti dai tecnici comunali e dare tempi certi d'intervento.

Aprirsi alle opinioni della gente, a Firenze, è sempre un'arma a doppio taglio. I commenti sono micidiali. In una delle assemblee più tese, mentre si parlava delle strade dissestate e il malcapitato relatore stava illustrando tutti gli interventi per sistemare le buche di Firenze, dal fondo della sala una voce spezzò l'intervento: «Il problema non sono le buche delle strade: il problema sono i bucaioli dei politici».

Difficile tradurre in modo corretto dal fiorentino all'italiano il nobile concetto di «bucaiolo», espressione che trae origine dalle buche del Mercato di San Lorenzo, nel cuore della città. Evito di infilarmi nell'etimologia raccomandando tuttavia di non usare con leggerezza questa espressione, almeno davanti ai bambini. Ma a Firenze le critiche e le polemiche sono parte strutturale del gioco. Ne ho fatto le spese personalmente anch'io. In campagna elettorale tutti mi chiedevano di farmi vedere, di non chiudermi dentro Palazzo Vecchio, di stare in mezzo alle persone. Ho cercato di essere coerente con questo impegno e mi sono fatto vedere a piedi, in bici, in giro, pronto a stringere una mano o a scambiare due chiacchiere. Finché, da una finestra di San Frediano, il quartiere di Pratolini, si affacciò un signore. Avrà avuto settantacinque anni. Non altissimo, camicia bianca aperta per il gran caldo, sorriso pieno, gioviale: «O sindaco, ma ti garba parecchio stare in mezzo alle gente, vero?». Ormai ero un disco rotto e conoscevo perfettamente la supercazzola sulla partecipazione, sul coinvolgimento, sulla lotta all'autoreferenzialità. Gliela propinai in trentasei secondi netti. «Capisco. Ti ho visto l'altra sera alla festa in piazza, ieri al mercato, oggi sei in piazza Santo Spirito. Magari domani ti ritrovo a giro. Dai retta: ma te andare a lavorare ti fa proprio schifo, eh?»

Non c'è niente da fare. Le battute dei fiorentini mi fanno impazzire. Alcune uscite del popolino, come si dice dalle nostre parti, meriterebbero l'onore della pubblicazione oltre che gli applausi a scena aperta. Capisco com'è nata la scuola comica di questa città e di questo territorio: semplicemente osservando e copiando la gente. Polemici e ironici su tutto. Siamo così, non ci possiamo fare nulla.

Me ne accorsi con il divertimento di sempre quando rientrai da una missione negli Stati Uniti, sei mesi dopo la mia elezione. Ero stato invitato come uno dei tre sindaci non statunitensi che – insieme a una delegazione di duecento colleghi americani – sarebbero stati introdotti alla Casa Bianca in un meeting con il presidente Obama e con il suo vice Biden. Mentre superavo i controlli, mi sorpresi tra me e me di quanto il nome Firenze possa davvero aprire tutte le porte. Non è un film, mi dissi. È proprio la Casa Bianca. Al termine dell'incontro, dopo due ore serrate di domande libere, di botta e risposta in clima franco e rispettoso delle istituzioni sia da parte dei sindaci repubblicani che democratici, Barack Obama strinse un po' di mani e salutò alcuni dei primi cittadini. Mi avvicinai. E quando fu il mio turno gli raccontai di essere il sindaco di Florence, Italy. «Really? The mayor of Firenze?» domandò, scandendo il nome della città in italiano. Certo che sono il sindaco di Firenze. Per caso aveva dei dubbi anche lui? «Sure!» replicai. L'allora giovane avvocato dell'Illinois aveva visitato il nostro territorio a metà degli anni Novanta e in molte interviste pubbliche aveva elogiato Firenze. Gli strinsi la mano e gli lasciai il giglio simbolo della città. Facemmo in tempo a parlare di vino e di cibo. Mi ricordò la sua visita e mi sorrise, pregandomi di salutare «the city with the best restaurants in the world». Sinceramente non penso che sia un giudizio del tutto vero, con tutto il rispetto per i ristoratori fiorentini, alcuni dei quali sono davvero straordinari. Solo alcuni, però. È indubbio tuttavia che anche il cibo, il vino, lo stare bene insieme contribuiscono a creare quello stile di vita che ogni anno incanta milioni di turisti, soprattutto americani. Del resto è innegabile che il rapporto tra la nostra terra e gli Stati Uniti sia particolarissimo, decisamente fuori dalla norma. Dalle università americane alle aziende che hanno sede a Firenze fino ad arrivare a quel fiorentino, Amerigo Vespucci, che diede il suo nome all'intero continente. Quando rientrai a Firenze, raccontai in un centro anziani l'emozione dell'ingresso alla Casa Bianca e condivisi con loro – fiorentini di vecchio corso – tutta la gioia per il giudizio lusinghiero dell'uomo più potente del mondo sul nostro cibo e sul nostro vino. Un'ospite della struttura chiese: «Ma che ha detto davvero che noi a Firenze ci s'ha i ristoranti migliori del mondo?».

«Sì che lo ha detto, signora.»

«E te non gli hai detto nulla?»

«Signora, io l'ho ringraziato.»

«Nanni, ascolta me. La prossima volta che lo vedi, tu gli devi dire così: Obama, noi e ci s'ha anche il David, mica solo i ristoranti...»

Non sono tutte rose e fiori, battute e barzellette. Anzi. Ma non date ascolto ai politici che sanno solo lagnarsi, agli uomini tristi della casta: se fatto bene, il servizio della cosa pubblica è un'esperienza affascinante. Ma colpisce dritta, in fondo al cuore. Quando pensi alle proteste dei residenti di una strada assediata dalla prostituzione, sai di avere a che fare con un problema urbano di decoro che devi affrontare perché è un disagio reale, perché coinvolge la pubblica decenza, perché non è giusto che i bambini facciano gli slalom tra i profilattici abbandonati. Ma avresti voglia di mollare tutto per combattere un problema molto più grave del decoro: lo sfruttamento in schiavitù di ragazze che spesso sono costrette a battere con il ricatto e con la violenza, e che la nostra mancanza di umanità ci fa percepire solo come minaccia per il decoro o peggio ancora come dispensatrici di soddisfazioni per clienti sempre più numerosi. Quando chiudi finalmente una vertenza sindacale che ha tenuto per mesi in cassa integrazione centinaia di famiglie, appese a un'esile speranza, come accaduto a Firenze per la multinazionale del mattone in vetro Seves, pensi che ogni giorno, nella tua città, nella Repubblica democratica fondata sul lavoro, un padre o una madre tornano a casa con una lettera di licenziamento in tasca e con la difficoltà di far quadrare i conti per il figlio che va a scuola. E quel dolore non ti è estraneo, quella storia non è un film, quella vicenda ti riguarda. Perché sei il sindaco, comunque vada uno con cui si ha il diritto di parlare, fosse anche soltanto per sfogarsi.

Fare il sindaco non è un lavoro da grigi burocrati destinati a una carriera sicura. È un'esperienza che si nutre di passione e di commozione. E che incrocia la vita negli snodi più delicati. Vale la pena viverla, sperando che sia un piccolo passo nel lungo cammino che serve per ridare dignità alla politica.

Ma allora, se un sindaco deve fare tutte queste cose, per quale assurdo motivo trova il tempo per scrivere un libro? Come nel Monopoli, quando si sbaglia carta e si ricomincia da Vicolo Corto, torno alla domanda di partenza, insomma. Scrivo questo libro per raccontare che si può credere davvero in una rivoluzione del buon senso. Sembrerà strano, lo so, ma si può cantare un inno d'amore per la politica fatta di entusiasmo e passione, di valori che oggi sembrano noiosi ma che sono centrali come l'onestà e la speranza. E che si può innovare, non solo ricordare.

Un libro per raccontare una piccola storia, sapendo che per chi ama la politica la pagina più bella è sempre quella che scriveremo domani.

# Il rischio

«Se vuoi una garanzia, compra un tostapane.»
*Clint Eastwood*

In ogni storia c'è sempre un bivio difficile, un appuntamento dal quale non puoi scappare. C'è sempre un momento in cui devi deciderti. Devi scegliere. Devi farla finita con la tattica e buttare in campo il cuore. Con tutti i rischi del caso. Nella piccola storia che vi racconto, la mia esperienza politica, questo momento corrisponde a una data precisa. Settembre duemilaotto, ventinove settembre. Neanche fosse una canzone di Battisti.

Ero all'ultimo anno di mandato come presidente della Provincia di Firenze. Appena qualche mese e si sarebbe tornati al voto. Tutti i dirigenti locali del centrosinistra fiorentino erano favorevoli alla possibilità che io proseguissi il lavoro in Provincia, con il secondo mandato. Contenti per come avevo amministrato? Forse, ma a dir la verità non ci avrei giurato. Qualcuno, infatti, voleva solo evitare la mia candidatura alle elezioni comunali che si sarebbero svolte contestualmente. Il senso del ragionamento era chiaro e stava in un lungo sms che ricevetti un tardo pomeriggio di fine estate da un amico caro, sinceramente preoccupato: «Matteo, ormai è sicuro. Se vuoi ti fanno fare di nuovo il presidente della Provincia. Evitiamo il gorillaio delle primarie. Basta che tu dica sì e hai cinque anni garantiti. Ma chi te lo fa fare di lasciare? Per le primarie del Comune che tanto perdi? Ti sei montato la testa o sei semplicemente rimbambito?».

Mica male come domanda. Però la verità è che io faticavo a mandare giù questo «loro».

Loro ti fanno fare il presidente. Loro ti evitano il gorillaio. Loro ti garantiscono. Loro. Perché devono decidere loro?

A Palazzo Medici Riccardi, sede della Provincia, io stavo benissimo. Ci ero arrivato per cooptazione, frutto di un accordo politico vecchia maniera. C'era bisogno di quello che tecnicamente si chiama «riequilibrio politico culturale nella coalizione». In pratica, un posto a me, uno a te. Conoscevo, dunque, le regole del gioco.

Avevo provato a lavorare con intensità negli anni precedenti. E se devo dirla tutta ero anche felice per le tante iniziative impostate e per la ventata di novità portata in un'istituzione come la Provincia, solitamente considerata il cimitero degli elefanti. Ero molto tentato dalla generosa offerta dei miei amici di partito: stai buono, stai sereno, stai al tuo posto. Ringrazia il cielo che sei lì. Magari, se proprio insisti, ti mandiamo tranquillo a tenere i tuoi convegni sul rinnovamento generazionale, che è un argomento che piace tanto a voi giovani.

Un pezzo grosso del mio partito sentì la necessità di spiegarmelo in modo sbrigativo: «Ciccio, a me hanno insegnato che a trentaquattro anni si rispetta la fila». Disse proprio così: si rispetta la fila. Come al supermercato, quando tutti abbiamo da svuotare il carrello. Uno per volta, rispettando la fila. Solo che facendo così in politica non si svuota il carrello, si svuota l'entusiasmo.

Decisi che non volevo (e ancora oggi non voglio) fare il

pollo di batteria. Non volevo che gli altri, loro, decidessero i tempi. Non volevo stare alle loro regole, le regole di una generazione che ha già dato tutto quello che poteva dare. Una generazione che ha già sprecato la propria opportunità e che cammina incerta, con quello che Montale definiva «terrore d'ubriaco». Una generazione che si dimostra ogni giorno di più incapace di capire le trasformazioni della società. Sono sempre più chiusi nei palazzi, con le loro discussioni fatte a colpi di dichiarazioni alla stampa, che non interessano ormai nemmeno gli addetti ai lavori. Dovrebbero occuparsi dei problemi delle persone, delle famiglie, delle associazioni. Ma non c'è niente da fare. Sono blindati in se stessi, asserragliati nel loro mondo. E se glielo fai notare, ti criticano. Ti accusano di demagogia, ti processano perché cavalchi l'antipolitica. Ma in realtà sono loro i veri antipolitici, loro che dovrebbero mostrare una speranza e si mostrano disperanti nelle loro beghe quotidiane.

Tutto troppo astratto? Troppo politichese? Vi faccio un esempio concreto, quello che ha visto protagonista il governo dell'Unione. Ve lo ricordate, il governo dell'Unione? Dai, il governo più litigioso della storia repubblicana. Quello in cui un ministro presentava un'idea e il giorno dopo un altro ministro diceva l'opposto, magari scendendo in piazza con i contestatori. Perché loro erano l'Unione. Si erano chiamati così apposta, si vede... Pensandoci bene, verrebbe da domandarsi: ma chi glieli sceglie i nomi ai partiti politici? Perché secondo me si servono tutti dello stesso creativo, che si diverte come un matto a prenderli per il naso. Il governo dell'Unione è quello in cui litigano come forsennati, perché sono uniti. Il Popolo della libertà è quello dove buttano fuori chi dissente, perché valorizzano la libertà. E appena Berlusconi e Fini hanno ribattezzato il

Pdl come il partito dell'amore, hanno iniziato a odiarsi cordialmente, fino a divorziare.

In ogni caso, il governo dell'Unione batte tutti i record di autoreferenzialità sulla vicenda tesoretto. I fatti: nel 2007 il ministero del Tesoro si ritrovò con un extragettito, vale a dire con più soldi in cassa di quelli previsti perché la gente aveva pagato tante tasse. Non è che qualche ministro avesse vinto al superenalotto: è solo che c'erano più soldi degli italiani da spendere. Bene, no? Per un amministratore è la migliore delle soluzioni. E mentre i mutui salivano improvvisamente, la benzina non arrestava la sua corsa e la crisi mostrava i primi segnali, cresceva il bisogno delle famiglie di vedere distribuiti i soldi del tesoretto: sconti fiscali, incentivi, sostegno all'occupazione, accordi con le banche. Qualsiasi cosa, purché si facesse in fretta e fosse utile. Presto e bene. Che ti fa il governo dell'Unione? Non ci crederete, ma litiga. E litiga sulla destinazione di quei soldi, della serie «il tesoretto dove lo metto». Due anni di discussioni sterili e autoreferenziali, tutte interne a un gioco della maggioranza, portarono al risultato che il tesoretto, alla fine, se lo spese Giulio Tremonti con la nuova maggioranza di centrodestra che nel frattempo aveva sfruttato le altrui divisioni per vincere le elezioni.

Ma torniamo alla mia piccola storia. No, no, altro che rispettare la fila. Non avrei aspettato le loro scelte. Non avrei rispettato i loro tempi. Mi sarei messo in gioco, nonostante loro e forse contro di loro.

Feci un po' fatica a spiegare ai miei amici più cari che le primarie per le comunali non erano solo l'occasione per andare a guidare la città che per me (e fortunatamente non solo per me) è la più bella del mondo. Quella dove sono nato, dove ho studiato e alla quale sono legato da un attaccamento viscerale. La città in cui provo un'emozione costante e non solo davanti a un'opera d'arte. Certo, i fiorentini devono riscoprire la bellezza per ciò che li circonda. E davanti a tante meraviglie, hanno bisogno di ritrovare un po' di meraviglia, di emozione, di sano stupore. Ma in realtà passeggiando per le strade di Firenze mi rendo conto che non solo i capolavori universali, ma ogni luogo della città mi dice qualcosa: un campo sportivo dove ho giocato, un giardino dove ho pianto, persino una fermata dell'autobus dove ho aspettato qualcosa o forse qualcuno. Ogni angolo della città deve scatenare un sentimento in chi vuol fare il sindaco. Altrimenti ha sbagliato mestiere. Potrà ragionare di culture politiche, discutere sulle grandi riforme. Magari sarà il più colto dei deputati o il più elegante tra i senatori. Ma non potrà fare il sindaco.

Può provare a fare il primo cittadino solo chi crede che amministrare sia davvero un'estensione del verbo amare. L'etimologia della parola ci porterebbe altrove. Dovremmo dire infatti che amministrare significa servire. E il tema del servizio civico, della cosa pubblica è uno degli aspetti più intriganti della politica fatta con passione. Nell'abisso di solitudini che caratterizza il nostro tempo, c'è proprio bisogno di costruire comunità, di incrociare sogni, di stabilire legami. Evitare l'individualismo dedicando del tempo al servizio del bene comune è già una suggestiva scelta controcorrente. Ma questo vale per ogni tipo di impegno politico. La peculiarità dell'esperienza come sindaco – o come candidato sindaco – sta proprio nel legame intimo e inebriante con la propria città.

I miei amici più cari si incaricarono di farmi scappare la poesia e smontarono la mia avvincente tesi filosoficoculturale. Arrivarono addirittura a mettermi in guardia dal pericolo più grosso che possa toccare agli abitanti della nostra terra: passare da bischero. Da qualche secolo i fiorentini possono accettare tutto: crimini, misfatti, tradimenti, insulti. Un fiorentino sopporta tutto. L'importante è evitare – accuratamente – di passare da bischero, espressione difficilmente traducibile. I Bischeri erano una nobile famiglia fiorentina che si ritrovò rovinata per alcuni errori strategici. Diciamo che devi evitare di compiere un errore gratuito, di tirarti la zappa sui piedi, di segnare un autogol. Perché se passi da bischero non hai diritto neanche alla compassione che in genere un popolo dotato di umanità come il nostro riserva agli sconfitti. Se te la sei cercata, affari tuoi: sei passato da bischero.

Quando salii sul palco dell'assemblea convocata per il ventinove settembre sentivo tutta la gravità del momento. Avevo davanti più di mille persone radunate senza neanche un manifesto vecchia maniera, ma con un tam tam di email, sms e l'aiuto fondamentale di Facebook. L'auditorium del palazzo dei congressi era stracolmo.

Avvertii il peso dell'emozione e misurai le parole.

Il pensiero tornava lì: Matteo, va bene tutto, ma non passiamo da bischeri.

Per tutto il giorno la mente era tornata alla radicalità della scelta. Da un lato, una carriera ordinaria e ordinata. Potrò essere un buon esempio di pollo da batteria. Potrò fare benino il compitino. Non passerò da bischero. Dall'altro, il rischio totale. Azzardare. Osare il futuro e non limitarsi a usare il presente. Un salto nel vuoto, senza paracadute.

Calcisticamente parlando: catenaccio contro calcio champagne. Solo che nella storia del calcio hanno vinto quasi sempre i catenacciari. Ma io avevo già scelto. E sapevo di non essere solo, come ripeteva il cd di *Fango* di Jovanotti mentre la sala si accendeva piano piano. Salii sul palco. Cambiò la colonna sonora, toccava a *Viva la Vida* dei Coldplay. Sarebbero seguiti Jason Mraz e i Muse.

Annunciai che ero pronto al rischio. Che sceglievo il coraggio. Rinunciavo a un posto sicuro. E accettavo di mettermi in gioco per le primarie, raccontando quale Firenze immaginavamo.

Ma non bastava. Già che c'ero, giocai il jolly, per l'entusiasmo della platea e la disperazione dei miei amici, che avevano ormai deciso di fondare il CAB, il comitato anti bischeri.

Proposi, sul mio onore, un patto. Se avessimo vinto le primarie, questo era l'accordo, avremmo cambiato Firenze. Ma se le avessimo perse, avremmo dovuto essere conseguenti e io avrei cambiato mestiere. Non si può fare politica restando attaccati alla garanzia personale, sempre e comunque. Non avrei accettato scialuppe di salvataggio, non mi sarei reso disponibile per candidature alle europee come compensazione. Non avrei accettato di essere ripescato nel consiglio d'amministrazione di un'azienda pubblica. Anzi. Lo dissi prima con chiarezza: se mi avessero eletto sindaco, le aziende comunali non sarebbero state a disposizione di amministratori sconfitti dai cittadini. Di tromboni e trombati, per utilizzare uno stretto tecnicismo giuridico-elettorale, non sapevamo che farcene. Bisogna smetterla di usare i consigli di amministrazione delle aziende di servizi locali come trattamento di fine rapporto per chi non viene rieletto. Anche perché poi le bollette schizzano, le famiglie pagano e nessuno ne capisce il motivo.

Dovevo dare pubblicamente una dimostrazione, dare

per primo il buon esempio. Lo feci. Se avessi perso le primarie, sarei tornato a lavorare nel privato. Senza se e senza ma. Avrei fatto il mio servizio di militante, supportando fino all'ultimo giorno di campagna elettorale – per correttezza – chi avesse vinto le primarie. Ma il giorno dopo non avrei fatto né l'assessore né il consigliere d'amministrazione: avrei considerato conclusa la parte professionistica del mio impegno pubblico. Non è che se uno inizia una carriera politica, poi deve avere in eterno un impiego retribuito con i denari pubblici. Non si può fare politica sempre e solo con il paracadute.

A mio giudizio questo è un tema di discrimine profondo tra la vecchia e la nuova classe dirigente. Quelli di prima – che poi sono sempre quelli di ora, ma questa è un'altra storia – sono stati cresciuti nella convinzione che la politica fosse come i diamanti: per sempre! Non è così, non può essere così, non può essere sempre così. Almeno non può essere così oggi. Bisogna accettare l'idea che la parte professionale dell'impegno politico possa terminare. E che uno possa, e debba, rimettersi in gioco, nel privato, all'università, nel sociale. Dove vuole. Ma come c'è un ingresso in politica, dovrà pure esserci un'uscita. Altrimenti diventa un labirinto e il labirinto stritola la credibilità delle istituzioni. Mi torna in mente Giulio Andreotti. Lo avevo incontrato in un convegno, in Provincia. Lo avevo invitato a firmare il libro d'onore degli ospiti, lasciandogli, come si fa in questi casi, la mia scrivania. Sedutosi al mio posto, mi guardò e mi disse: «Questa poltrona è sua, vero? Le do un consiglio. Non la ceda mai, neanche in prestito come ha fatto adesso». Risata degli accompagnatori ufficiali intorno a noi. Ma rispetto alla Prima Repubblica – di cui Andreotti è stato senz'altro indiscusso protagonista –

non è possibile far finta di niente: il mondo è cambiato e tocca a tutti prenderne atto.

«Se perdo, tornerò nel privato» esclamai ad alta voce. E passerò da bischero, sussurrai piano tra me e me. Ma non lo dissi a voce alta. Non potevo dare ragione alla titubanza dei miei amici, non dovevo dargliela vinta... E comunque ero convinto: prima della mia carriera veniva la possibilità di una sfida. Prima del mio comodo personale veniva la volontà di dare un nome alla speranza. E per me questo nome è Firenze. Terminò la serata. Musica. Applausi. Adrenalina e commozione.

Una signora con i capelli rossi, di mezza età, ben vestita si fece largo tra la gente che mi circondava, si avvicinò e si incaricò di riportarmi alla realtà. «Dunque, lei ha detto che nel caso in cui perderà le elezioni tornerà a lavorare e non farà come fanno tutti, vero?»

«Certo, signora, penso che dobbiamo dare il buon esempio per primi noi.»

«Giusto, molto interessante. Come interessanti sono le altre cose che ha detto, in particolar modo sulla macchina comunale e le cose da fare nei primi cento giorni. Condivido.»

Bene, penso, questa è presa. Vediamo se riusciamo anche a coinvolgerla nella campagna elettorale. «Grazie, signora. Se vuole può darci una mano. Vorremmo che la campagna elettorale fosse l'occasione per avvicinare nuove persone a un modo diverso di fare politica.»

«No, guardi, non ha capito proprio niente. Io non la voto. È vero che condivido praticamente tutte le vostre idee e mi piace il vostro modo di proporle. Ma lei ha detto che se perde le primarie torna a lavorare. E siccome io credo che la sua scelta sarebbe utile come segnale nazionale, non solo non la voto, ma spero anche che perda, così da mantenere la sua promessa. Arrivederci.»

Sono un chiacchierone e spesso ho la battuta pronta, ma quella volta non trovai le parole per risponderle. Persi l'attimo. E dietro al ragionamento stringente della signora rimasi come inebetito. Condivideva il nostro progetto al punto da sperare che noi perdessimo. Mitica! Mi sentivo scartato e buttato a terra come un difensore ubriacato da un dribbling del miglior Messi.

In realtà avevo già deciso come muovermi, in caso di insuccesso. Avrei migliorato l'inglese, perfezionato il francese e magari studiato un po' di spagnolo, che può sempre servire. E avrei pubblicato un annuncio sul «Financial Times» e sul «Sole 24Ore»: «AAA, 34enne, dirigente d'azienda, già al vertice di un'amministrazione pubblica con mille dipendenti e trecento milioni di euro di fatturato, cerca lavoro causa sconfitta elettorale. Garantito impegno e determinazione».

Mi piaceva l'idea dello scrivere con chiarezza «causa sconfitta elettorale», in un Paese dove le elezioni le vincono tutti. O al massimo le pareggiano. Ma non le perde mai nessuno.

## Le primarie fatte bene

> «Ciò che per loro è un'ossessione, per noi è semplicemente un sogno.»
>
> *José Mourinho*

Ma il tempo per pensare alla sconfitta elettorale, anche quando i sondaggi mi davano sotto, non c'era. Non c'era perché bisognava correre da una parte all'altra della città. Quando le primarie sono fatte bene, infatti, succede una cosa meravigliosa. I candidati sono costretti a confrontarsi sui problemi della città e sulle possibili soluzioni. I giovani si avvicinano all'impegno politico. I cittadini riscoprono la partecipazione. Ma quali sono le «primarie fatte bene»?, potrebbe domandarsi qualcuno. Semplice: quelle in cui non si sa già prima chi vince, in partenza. L'involuzione della specie ha portato i democratici italiani a teorizzare un modello di primarie che potremmo definire «confermative»: i big scelgono un nome, che diventa il candidato unico, quello che *deve* vincere: attorno a lui si organizza una corsa finta. L'unico sforzo degli elettori deve essere quello di ratificare il risultato già deciso dai vertici romani. La grande fiction del popolo dei gazebo tutti in fila per scrivere un risultato già segnato, comparse di un copione già scritto dai dirigenti che hanno pronti nel cassetto i comunicati stampa e brindano alla «imponente manifestazione di popolo, al trionfo della partecipazione». Ti piace vincere facile, eh?

Ma gli elettori, i cittadini, i democratici – quella che una volta si chiamava la base – non ci stanno a fare solo da comparse. E quando si aumenta il numero dei competitori, pensa un po', si prendono il lusso di decidere liberamente, questi sfacciati! Perché le primarie esigono e richiedono libertà. Non si prende più la linea dal segretario del partito, come accadeva in passato. Anzi, il risultato diventa tragicomico quando i dirigenti provano a sponsorizzare un singolo candidato, portando – quando va bene – una sfiga terribile. Il candidato ufficiale, in tanta parte del territorio nazionale, prende sonore sberle dagli outsider consegnando così una suggestiva immagine: il Pd, in attesa di imparare a vincere le elezioni, si esercita nella sconfitta alle primarie. Le cose dovrebbero girare in modo diverso. Quando le primarie sono vere, infatti, non importano i padrini altolocati o le indicazioni dei dirigenti. Si gioca liberi, in campo aperto. E si rischia, si corre, si studia, si lotta.

Con i miei amici, sia i riottosi che gli entusiasti, ci mettemmo al lavoro. La vera sfida? Trasformare la scommessa di uno – pronto a rischiare la carriera pur di cambiare Firenze – in una scommessa di tanti, desiderosi di essere cittadini e non semplicemente gente, desiderosi di essere protagonisti e non spettatori, desiderosi di essere un popolo e non solo carne da auditel. Trasformare l'io in un noi, insomma. Questo è un tema interessante. Siamo cresciuti per anni con le cassandre che ci pronosticavano un futuro fatto di isolamento totale. Molti pensatori attribuivano all'innovazione tecnologica la responsabilità storica di uccidere le comunità: per il fatto stesso che utilizzo un computer, si diceva e si scriveva, sottraggo tempo al rapporto con gli altri. La riflessione è naturalmente ricca di spunti e tutt'altro che banale. Mi sembra però di poter dire che, mai come in questo momento, il bisogno di relazione con l'altro stia esplodendo attraverso le forme più impensabili. Ed è un desiderio talmente insito nell'uomo di oggi che persino il mondo della tecnologia e della comunicazione ti porta a socializzare. Emblematico il boom di Facebook e più in generale dei social network: si cercano connessioni che non siano solo quelle ad alta velocità. Di certo questa valutazione è molto discutibile e opinabile. Ma credo sia evidente, invece, che il bisogno di affermare un noi è centrale anche nel nostro tempo, soprattutto nel nostro tempo. Purché si parta dal giudizio per cui l'altro non è un pericolo ossessivo, come certa informazione vorrebbe farci credere, ma una miniera di suggestioni.

Quando vedi persone provenienti da esperienze totalmente diverse che si mettono assieme, investendo tempo, passione, energia e soldi propri perché credono a un sogno, ti rendi conto di quanto possa essere bella la politica. Ti rendi conto di quanto possa essere entusiasmante condividere un progetto, un'idea, una sfida. Ai professionisti dell'antipolitica vorrei mostrare il volto del pensionato di Gavinana o del ragazzino di Soffiano, dell'ex democristiano di Ponte a Ema e dell'ex comunista di Ponte di Mezzo. Persone straordinarie che hanno fatto, insieme a tante altre, la piccola storia delle primarie di Firenze, mettendosi in gioco come fosse la partita della vita. Vedendoli all'opera, in un forum tematico-programmatico o in un volantinaggio davanti al mercato, ti rendevi conto che le primarie le avrebbero vinte loro, comunque, anche se avessimo perso. Perché testimoniavano con il loro impegno che una politica diversa è possibile. E, paradossalmente, è anche divertente. Già. Quando fai una cosa bella, che ti convince, ti diverti. Stai bene assieme, anche se stai solo discutendo di un senso unico stradale o della riorganizzazione dei negozi di un quartiere periferico. Ci trovi gusto, ti fa piacere farlo, ti senti a tuo agio. Non hai garanzie, non hai certezze, ma sei felice di investire del tempo per provarci.

Continuo a pensare che questo sia uno dei grandi problemi della sinistra italiana. Quando entriamo nelle nostre riunioni, locali e nazionali, sembriamo collezionare solo i nostri rimpianti e la nostra rabbia. Dipingiamo la realtà come un problema, mai come un'opportunità. E ciò che sta fuori dei trumanshow delle nostre assemblee nazionali (il cui allestimento magari è curato da chissà quale scenografo all'ultimo grido, perché un architetto alla moda fa sempre figo) è una realtà brutta, triste e quasi sempre irriformabile. Il mondo è immondo. E noi rispondiamo con la nostra mestizia, con la nostra litania di occasioni perdute. Sembra quasi proibito sorridere e prenderci con leggerezza. Nelle foto della famiglia allargata del centrosinistra per trovare un sorriso vero bisogna ricorrere a Photoshop! Tra le tante cose che dovremmo cancellare dalle nostre abitudini, tra i tanti atteggiamenti che andrebbero rottamati, c'è anche una certa tendenza al piagnisteo che si fa ogni giorno più insopportabile. Capisco che, dopo tanti anni di sorrisi plastificati che hanno vinto elezioni su elezioni, non basti l'invito a recuperare la dimensione dell'entusiasmo e del divertimento. Combattere il tristismo può apparire superficiale o comunque non sufficiente. Ma certo non batteremo le facce di bronzo di chi sorride a comando con le nostre maschere di cera. Le maschere di cera di chi da anni sbatte in faccia la propria noia ben retribuita, la propria frustrazione, all'impegno gratuito e volontario di tante persone che andrebbero invece coinvolte ed esaltate.

Guardate i commenti e i flash delle dichiarazioni nel

pastone dei telegiornali. Molti dei nostri sembrano commentare con un atteggiamento di superiorità e rabbia come se facessero politica per farti un piacere. Lo fanno per te, capito?

Le primarie – se fatte bene – sono un antidoto al tristismo della sinistra e incoraggiano alla partecipazione. Senza primarie il Partito democratico non ha più senso, diventa un contenitore vuoto e autoreferenziale, diventa un confuso mix di speranze tradite. Ho ricevuto email bellissime, anche da persone che non hanno appoggiato la mia candidatura, ma che si sono ritrovate coinvolte in un'occasione utile per tornare ad appassionarsi alla politica. Naturalmente non vorrei che la ricostruzione *ex post* suonasse mielosa. Nel gruppo di persone, ogni giorno più numeroso, i litigi erano all'ordine del giorno. Gli scontri, le invidie, le arrabbiature. Anche i dubbi, diciamo la verità: «Ma chi me l'avrà fatto fare di stare con l'unico che se perde va a casa?» non era un commento stravagante. E non era isolato il caso di chi si allontanava proprio quando arrivava lo sprint finale, di chi abbandonava la causa all'ultimo miglio. Per ogni piccola o grande questione poteva scatenarsi la polemica. Del resto noi fiorentini abbiamo nel Dna la litigiosità e la divisione: dal tempo dei guelfi e dei ghibellini, dicono gli storici. E come se non bastasse quando i guelfi prevalsero, per non farsi mancare nulla, iniziarono a dividersi tra guelfi bianchi e guelfi neri...

Per molti aspetti è normale. Avreste dovuto vedere la faccia di qualche vecchio notabile democristiano quando in uno dei tanti incontri dei volontari uno di loro, Bruno, raccontò entusiasta la sua esperienza come attacchino di manifesti per la morte di Stalin: eppure insieme lavoravano per un sogno condiviso. Il Comitato elettorale era ben diverso dal paradiso terrestre. Litigavamo, litigavamo tanto. Ma litigavamo bene e la cosa più divertente era che eravamo trasversali. Le discussioni non restavano mai ancorate alle provenienze culturali. Considero questo come il segnale più bello per il futuro del Partito democratico, con buona pace degli specialisti in previsioni catastrofiche. Quel popolo variegato ed entusiasta che appoggiava la mia candidatura era riuscito nel miracolo di considerare le diversità tra noi, benché evidenti e profonde, una ricchezza e non un ostacolo. La diversità che volevamo e dovevamo marcare era soprattutto quella rispetto alla politica tradizionale. Dovunque andassimo, raccontavamo le nostre idee e i nostri progetti. Cene in casa delle persone, incontri con gli scettici, tè con le signore e pranzi nei centri anziani, forum a tema, presenza sui new media. E fin qui, tutto bene.

Ma proprio quando il confronto elettorale stava entrando nel vivo, accadde il capolavoro. Un capolavoro, neanche a dirlo, firmato dalla segreteria nazionale del Pd, sospesa tra l'aver indetto primarie libere come da atto costitutivo dei democratici italiani e l'incapacità di gestire la competizione a livello centrale. Giravano sondaggi strani su queste primarie fiorentine. Il ragazzino antipatico – che non risparmiava critiche alla gestione del partito nazionale – avrebbe anche potuto vincere a sorpresa. Bisognava fare qualcosa. Da Roma si impose di spostare la data e soprattutto si inserì una regola talmente astrusa da meritare il Nobel: chi fosse arrivato primo ma non avesse superato il quorum sarebbe andato al ballottaggio con il secondo classificato. Non si è mai sentito di primarie a doppio turno. E anche se la norma sembrava studiata appositamente per evitare che vincesse lo scomodo, immaginando una santa alleanza di tutti gli altri al secondo turno, ci spiegarono che si trattava di una significativa innovazione nella storia dei sistemi elettorali che avrebbe potuto funzionare anche da precedente per altri casi.

Non la presi benissimo, diciamo così. Con il consueto garbo e rispetto e la tradizionale sobrietà, affidai allo status di Facebook il mio pensiero: «Questo partito più che di primarie ha bisogno di un primario. Un primario di psichiatria, possibilmente bravo».

E decisi di mollare tutto. Decisi che la corsa sarebbe finita lì. Che era il momento di mandare a stendere il Pd nazionale, i suoi dirigenti, le sue paure, i suoi intrighi di seconda categoria. I suoi giochini. In un partito normale ci sono regole uguali per tutti e la certezza delle regole è il presupposto per cambiare i dirigenti. Da noi i dirigenti sono sempre gli stessi e cambiano le regole per non correre rischi, per restare sempre lì, incollati alle proprie poltrone. Assurdo. Per la prima volta decisi di tirare i remi in barca e di riprendermi la mia vita.

Mi fecero cambiare idea l'affetto e la rabbia di un gruppo di persone che si precipitò al Comitato elettorale. Che col cuore aperto, ma a muso duro, mi spiegò che la mia scommessa non era più solo mia. E che nel momento in cui è condivisa diventa patrimonio di tutti. Era diventata anche la loro scommessa. Dunque non si scappa, anche se le regole te le hanno cambiate in modo incredibile. Non si scappa perché, se si deve perdere, e nella vita si può perdere, si perde sul campo, mai a tavolino. Accusai il colpo e imparai la lezione. Si impara sempre qualcosa quando si è circondati da gente che ti vuole bene. Mi aiutò anche il colloquio con una persona saggia come Vannino Chiti, vicepresidente del Senato che Roma aveva nominato commissario per sbrogliare la vicenda delle primarie. Vannino mi portò a prendere un caffè, al mattino presto, da soli, all'angolo tra piazza del Duomo e il quartiere di San Lorenzo. Prima provò tenacemente a giustificarmi le novità nel regolamento con il maggiore grado di convinzione possibile, come solo un saggio diessino di stampo quasi doroteo può fare. Poi, alla fine, mi invitò semplicemente a non mollare: «Se credi in quello che avete messo in piedi, perché tirarsi indietro adesso?».

Perché tirarsi indietro? Ripensando a quei momenti mi viene in mente che in giro per l'Italia ci sono tante persone che hanno provato l'impegno politico. Lo hanno provato per qualche giorno, per qualche campagna elettorale, per qualche anno. E poi sono tornati indietro, delusi. Delusi da una vicenda, delusi da un rifiuto, delusi da uno sgarbo, delusi da un'ostilità, delusi da una porta chiusa, delusi da un tradimento. Comunque, delusi.

Mi capita spesso di pensare a quell'esercito di speranze tradite, del quale potrei fare parte oggi se non avessi avuto al mio fianco, nel momento giusto, un gruppo di compagni di strada capaci di costringermi con le buone a non arrendermi. Per me è stato un grande insegnamento. E una conferma: la politica non è mai l'esercizio arrogante e individuale di un solista, ma un'esperienza di popolo, nel senso più bello del termine. A quei delusi dovrebbe parlare il centrosinistra, offrendo una speranza nuova, un sogno credibile, un orizzonte diverso. Mi piacerebbe incrociare i loro occhi, con uno sguardo quasi complice, da colleghi mancati per un soffio. E dire loro che la situazione che l'Italia sta vivendo non ammette fughe. Ci sarà tempo per curare le ferite, per chiarire i punti oscuri, per digerire anche l'indigeribile. Ci sarà tempo, ma dopo. Ora no. Ora è il tempo di rimettersi in cammino.

Perché tirarsi indietro? E infatti andammo avanti. Partì l'ultimo mese di campagna elettorale. La bilancia segnò un preoccupante aumento di chili, visto che l'ultimo miglio prevedeva una media di tre cene a sera, aperitivi e bevutina in tarda serata. Poi si dice che la politica fa male al fegato...

# Cambiare!

> «Osserva un artista. Se è davvero in gamba, prima o poi arriva al punto in cui potrebbe fare un'unica cosa per il resto della vita, e continuerebbe ad avere successo per tutto il mondo ma non per se stesso. Quello è il momento in cui si vede davvero chi è. Se si mette in gioco rischiando il fallimento, è ancora un artista.»
>
> *Steve Jobs*

Fa male al cuore, invece, quando il linguaggio della politica si appiattisce sulla banalità. Frasi fatte, prevedibili, retoriche. Le interviste ai politici, spesso, riescono nel capolavoro di far rivalutare gli interventi dei calciatori. Fateci caso. Domanda (spesso banale) di un giornalista nel dopo partita. Risposta del calciatore: «Sono contento per la squadra, non per me. Ho cercato di fare quello che mi ha detto il mister. Domenica ci aspetta una partita difficile, loro saranno molto motivati. Dovremo viverla come una finale. Però ce la metteremo tutta, anche per rispettare i nostri tifosi».

Rari i lampi, i guizzi, i colpi a sorpresa: le parole sono sempre quelle. Per la politica di oggi vale più o meno lo stesso concetto. Parole vuote e tuttavia prive di leggerezza: «Abbiamo concertato una sintesi, sulla quale riscontrare un'ampia convergenza, alla luce delle necessarie opportune intese», che si traduce in «Ci siamo messi d'accordo, ma pare brutto dirlo così». Oppure: «Sia chiaro che questa questione che tanto spazio occupa sui giornali non ci appassiona», che in realtà significa: «Questa è l'unica cosa che ci interessa veramente». O infine: «Riteniamo che l'onorevole Tizio costituisca per il partito una risorsa di sicuro interesse per il futuro», che più correttamente va letto: «L'onorevole Tizio è spacciato, appena possiamo lo facciamo fuori, ma non diteglielo».

Ormai ci sono i mediatori culturali-linguistici per tradurre dal politichese, lo slang che non può fare a meno di intavolare una discussione, di aprire un dibattito, di predisporre una riflessione sul futuro di questo Paese. Quanto freddo! Il suono metallico del nulla riprodotto in loop.

Il tema del linguaggio per me è fondamentale. È sul crinale della chiarezza che si giocherà la lunga marcia del centrosinistra per tornare al governo. Non possiamo continuare a parlare ostrogoto per poi lamentarci del fatto che «la gente non ci capisce». A qualcuno verrà il dubbio che siamo noi quelli incapaci di spiegarsi, no? E, sia chiaro, non è solo un fatto di slogan. Certo: se gli altri dicono «Meno tasse per tutti» e noi rispondiamo dicendo che «interverremo alleggerendo la pressione del cuneo fiscale», è evidente che abbiamo anche un problema di sintesi del messaggio. Ma sugli slogan si può lavorare. Più difficile è il cammino da fare per capire che il mondo di oggi offre potenzialità enormi nel campo della comunicazione. Non si tratta solo di usare meglio internet, ma proprio di un campo di gioco totalmente diverso dal passato. A pensarci, la rivoluzione in corso è strabiliante. Ciascuno ha un telefonino, spesso con telecamera. Può fare foto, girare video, immortalare momenti da condividere su un social network. Quello che una volta era un rito, il filmino delle vacanze da far vedere agli amici, ormai va online quasi in diretta. E ciascun cittadino nel 2011 ha più strumenti operativi di comunicazione di quanti ne avessero i colossi dei media qualche decennio fa. Non si tratta dunque solo di investire su Facebook per una campagna elettorale o di raggiungere più utenti con i giornali tradizionali o con Twitter. No, si tratta di una rivoluzione sociale impressionante. «Time» per cercare di farlo capire ha votato come uomo dell'anno 2007 il personaggio più significativo: You. Mettendo in copertina un'immagine simil-specchio i giornalisti americani volevano comunicare che ciascuno di noi è diventato soggetto protagonista del mondo della comunicazione. Pensiamo anche soltanto all'Italia. Avevamo fino a quindici anni fa il problema del duopolio televisivo: oggi i satelliti e il digitale terrestre hanno di fatto consentito di moltiplicare i contenuti. Ma è soprattutto la rete a permettere esplorazioni inedite e suggestive. E dire che uno come me, considerato giovane, appartiene all'ultima generazione che è andata a scuola senza internet e senza sms. I new media però sono stati e sono determinanti per la mia esperienza politica. La newsletter settimanale è un appuntamento importante per informare su ciò che faccio ma anche per raggiungere senza spesa e in modo completo migliaia e migliaia di persone, consentendo loro di rispondermi, criticare, interagire, proporre. In campagna elettorale gli sms si sono rivelati uno strumento preziosissimo. E ancora oggi su Facebook ho aperto discussioni impegnative, dal piano strutturale alla segnalazione delle buche. Certo, Facebook è un mondo parziale. Guai a fare l'errore opposto di chi vi vede una raffigurazione in sedicesimi del mondo fuori. Non è così: è un microcosmo del tutto limitato e non rappresentativo. Intrigante quanto mai, ma pur sempre un acquario. Però ti consente di raggiungere un target nuovo, di avere il polso su determinate questioni, di tracciare i pensieri e le idee dei tuoi amici, di uscire dal consueto giro della comunicazione. La qualità della tua proposta politica non dipende dal numero di amici che hai sul social network, anche perché altrimenti il nuovo leader del Paese dovrebbe essere Belén Rodríguez. Ma una community di persone che commenta, discute, critica, è utile, anzi utilissima. Dobbiamo avere il coraggio di usarla in modo non convenzionale. Ho dato centinaia di notizie istituzionalmente rilevanti sul mio profilo. Ma ho anche raccontato la sconfitta alla PlayStation con mio figlio, confessato di aver preso una multa per eccesso di velocità sul raccordo, chiesto consigli per una serata al cinema. Oggi è un altro mondo. Solo che una certa cultura, progressista nel nome, conservatrice nei fatti, evidenzia solo i pericoli di questo cambiamento, mai le opportunità.

In questo scenario di rivoluzioni epocali la sinistra, ma solo quella italiana, ha un problema grosso come una casa con il concetto stesso di comunicazione. Discutere di comunicazione a sinistra è come affrontare il tema del sesso a catechismo: se ne parla poco e male. Il gruppo dirigente cresciuto alle Frattocchie continua a pensare che la parola comunicazione sia una parolaccia. E se qualcuno prova a sottolineare l'importanza di questa sfida immediatamente viene accusato di intelligenza con il nemico. Sei bravo a comunicare? Allora sei di destra. Oppure, quasi peggio, significa che sei refrattario ai contenuti, che sei vuoto dentro, che magari sei persino privo di valori.

Naturalmente si sforzano di sembrare innovativi e con grande fatica accettano di fare di tutto, comprese sceneggiate che alla fine rischiano di essere più dannose che inutili: come se bastasse la comparsata con la figlia a *Sanremo* di Bersani, il risotto a *Porta a Porta* di D'Alema, l'incontro con la tata dalla De Filippi di Fassino, per risolvere la questione comunicazione. Quando i nostri vanno in certe trasmissioni, sono talmente entusiasti che sembrano quasi domandarsi con gli occhi: «Ma guarda come mi sono ridotto, ma guarda chi me l'ha fatto fare, ma chissà cosa penseranno di me gli amici...». Io non giudico. In televisione mi sono prestato a fare peggio di loro. Ho pogato con Victoria Cabello scaraventandola a terra su sua richiesta, senza pietà, su La7. Sono stato scambiato da un'ospite di Bruno Vespa per il dermatologo che doveva parlare dell'abbronzatura estiva. Ho fatto da spalla a qualche personaggio di *Striscia la Notizia*. È normale giocarsi tutte le carte, quando si deve comunicare. Per questo, però, non accetto processi sommari, come invece accaduto, quando rilascio un'intervista a «Chi»: non è che sono valide, belle, buone e giuste solo le interviste a «Le ragioni del socialismo».

Finché non smetteremo di considerare cospirazione l'atto di chi si occupa di comunicazione non saremo credibili nemmeno agli occhi dei nostri militanti. Figuriamoci agli occhi di chi vogliamo convincere a votarci.

Avverto questo tema come cruciale. E del resto questo è il settore sul quale sono più esposto a critiche: quando nel novembre del 2010 ospitammo a Firenze la prima riunione nazionale dei cosiddetti rottamatori, lo scarto più evidente rispetto alle tradizionali iniziative di partito stava in un grande schermo in fondo alla sala sul quale scorrevano immagini forti che sintetizzavano ed esplicitavano i pensieri sparpagliati nella sala. E i mugugni dei critici erano tutti rivolti a quello: «I rottamatori? Bravi a comunicare, ma sotto il vestito nulla!».

L'esigenza di qualcosa di profondamente nuovo nacque in me durante la campagna elettorale per le primarie. Sei lì, in campo, ti stai giocando tutto. Avverti il bisogno di proporre un racconto, un racconto inedito, un racconto convincente prima ancora che vincente. Il nostro racconto di Firenze. Non solo la città da cartolina che milioni di turisti vedono ogni anno, ma quell'insieme vitale di relazioni e persone che vogliamo coltivare con tenacia e delicatezza per consegnarlo ai nostri bambini.

Come descrivere una città che non sia solo un museo a cielo aperto? Come narrare una città che non declini i propri verbi solo al passato, che sia capace di respirare il profumo del domani? Come raccontare l'idea di una città che è stata a lungo la città ideale, ma che ora sembra smarrita nella battaglia per la contemporaneità?

Provammo con due scelte forti, una più concettuale, l'altra più concreta. Scegliemmo un teatro per ogni quartiere. Dire teatro significa esprimere un'emozione, il luogo della fantasia e della creatività, della cultura intesa come incrocio di sogni. Dire teatro a Firenze significa pescare a piene mani in una storia di qualità e di bellezza. Ma anche richiamare le occasioni perdute: non è un caso se proprio in uno dei teatri più belli della città si sia consumata la beffa più grande per noi fiorentini. Un operaio del Teatro della Pergola pensò e realizzò sul luogo di lavoro la più grande rivoluzione degli ultimi due secoli: il telefono. Eppure la straordinaria invenzione di Antonio Meucci si sarebbe persa per motivazioni burocratiche e altri ne avrebbero approfittato al di là dell'Oceano, salvo poi attribuire al genio fiorentino un postumo riconoscimento solo nei primi anni del terzo millennio. Dire teatro a Firenze, insomma, significa dire tanto. A teatro per parlare di politica, sì. A teatro per uscire dal teatrino della politica. A teatro per sognare una città orgogliosa del proprio passato, ma soprattutto gelosa del proprio futuro.

Scegliemmo i teatri, allora. E studiammo un format di

cinquantacinque minuti dove il candidato sindaco, da solo sul palco, raccontava la sua idea di Firenze, intervallata da brevissimi spezzoni di YouTube, di poesie, di puntate dei *Simpson*, di musica, di interviste realizzate tra la gente. L'idea funzionò alla grande. Perché le donne e gli uomini del nostro tempo hanno bisogno di emozioni, di una storia alla quale credere, soprattutto se il finale è da scrivere insieme.

Sognare non basta. Occorrono obiettivi concreti. E allora, accanto alla pièce teatrale, ecco cento piccoli impegni. Se fossi stato eletto – promisi – avrei fatto una giunta di sole dieci persone, nonostante la legislazione consenta di arrivare fino a sedici assessori. Avrei riunito in un'unica azienda i servizi alla persona, avrei nominato i vertici delle municipalizzate a prescindere dalla tessera di partito, sarei andato una volta alla settimana nelle scuole, avrei messo semaforini all'accesso della zona a traffico limitato per evitare di fregare i malcapitati turisti. L'elenco continuava con impegni piccoli ma verificabili.

L'idea di fondo era quella di unire l'idea di città, lirica e teatrale, a provvedimenti concreti verificabili in modo chiaro da chiunque. Tant'è vero che quando convocai la prima assemblea cento giorni dopo le elezioni si presentarono oltre duemila persone al Teatro Comunale del Maggio Fiorentino per una verifica punto per punto delle cose fatte e di quelle ancora da fare.

Basta cambiare linguaggio per cambiare una città? Basta cambiare linguaggio per cambiare una maggioranza in parlamento? Per carità, non voglio essere un cultore del semplicismo. Troppo facile. Non ho vinto le primarie a Firenze grazie all'emozione di qualche centinaio di fiorentini a teatro.

Noi a Firenze abbiamo vinto perché la città voleva il cambiamento. Perché senza questa spinta profonda, di cui io sono l'effetto e certo non la causa, hai voglia a fare le serate a teatro e l'elenco dei cento impegni concreti. Però cambiare linguaggio diventa un'arma in più, forse decisiva.

Certo, quello che sembrava impossibile allora, e continua a sfuggire ai più, è l'idea che si possa vincere a Firenze sfidando le opinioni dei leader dei partiti o dei sindacati o delle categorie. Come avrà fatto – questa la domanda tipica – a vincere quello che non era appoggiato dalle categorie più rappresentative, quello che i vertici della Cgil non potevano vedere, quello che i dirigenti nazionali neanche sanno com'è fatto? Perché proprio lui?

Non voglio esercitarmi in professioni di umiltà o di falsa modestia. Spesso non mi riesce nemmeno la modestia vera, figuriamoci quella falsa. Ma il punto è che nell'anno 2009 a Firenze io non sono stato la causa di un cambiamento epocale, ma solo il piccolo effetto di un totale rovesciamento di funzioni del mondo della rappresentanza, che andrebbe studiato e indagato di più, a livello nazionale, sotto il profilo sociale e culturale. Io non sono stato particolarmente abile: ho solo preso un'onda che già c'era. Un'onda anomala e fortunata, per carità, ma che già c'era. Un'onda che se stai in mezzo alla gente, se stai fuori, se non rimani chiuso nella noia di un quotidiano fatto di misere polemiche di palazzo, non puoi non vedere. Se conosci un po' questo mondo da dentro, se ci stai dentro, se parli con i dirigenti, sai benissimo che ormai questi non rappresentano più nulla. O quasi. Non rappresentano neanche i loro iscritti, figuriamoci se riescono a rappresentare la società. Vale per gli artigiani, per gli imprenditori, per i sindacalisti, non solo per i partiti politici. Non lo puoi dire in pubblico ad alta voce e non trovi nessun operatore dei media disponibile ad accettare la riprova, perché altrimenti dovrebbero cambiare tutti gli interlocutori dei quotidiani, dei talk-show e compagnia cantante. Bisognerebbe avere il coraggio di chiedere, per esempio, l'abolizione delle camere di commercio che oggi prendono soldi a tutte le imprese senza offrire servizi all'altezza. E molte delle associazioni datoriali, delle categorie, di quelli che qualcuno con nome a effetto chiama «soggetti sociali rappresentativi», sono decisamente meno rappresentativi del circolo del Burraco. Sperando che questo mio giudizio non suoni eccessivamente offensivo o peggio ancora sprezzante verso il nobile gioco del Burraco e i suoi autorevoli soci. Anche perché il Burraco è una cosa molto più seria di tante associazioni di categoria.

I tavoli della rappresentanza sono spesso ben imbanditi, specie da quando le società delle singole associazioni hanno un accesso diretto, talvolta addirittura agevolato, a fondi europei (e non solo quelli per la formazione). Ma le seggiole di questi tavoli ospitano spesso personaggi in cerca d'autore, non reali rappresentanti del mondo che cambia. E questi personaggi sono talmente immersi nel proprio piccolo mondo quotidiano da non rendersi conto di ciò che accade fuori.

Potrei citare decine di esempi, ma mi limito all'episodio avvenuto alla vigilia delle primarie. Firenze, zona Gavinana, centro commerciale Coop nella piazza intitolata al grandissimo Ginettaccio Bartali. A fare la spesa c'è il sindacalista più in vista della Cgil toscana. Quello che una volta al mese sulle cronache locali ci spiega come va l'economia, cosa dovrebbe fare la politica, come gira il mondo insomma, né più né meno. Ci dà la linea, perché tutti lo ritengono il futuro, l'uomo giusto per il domani, quello che ha il polso della situazione. E del resto quando si parla della Cgil in Toscana si parla di una grandissima organizzazione, ricca di storia, di tessere, di dipendenti. Tra un carrello e l'altro il sindacalista incontrò Marco, il mio portavoce, anche lui impegnato a fare la spesa. Il sindacalista appoggiava il candidato dalemiano, naturalmente, quello che il giorno dopo, per mille motivi, sarebbe arrivato quarto su cinque.

«Allora, come andiamo secondo te domani?» domandò Marco.

«Il mio uomo va al ballottaggio di sicuro» rispose spavaldo il sindacalista. «Va almeno al ballottaggio perché se così non fosse vorrebbe dire che noi di questa città non abbiamo capito proprio nulla.»

Preciso. Analisi perfetta. Non ci hanno capito nulla, proprio nulla effettivamente, però sono bravissimi a dimenticarselo subito. Infatti il giorno dopo fu un altro film.

# La vittoria

«O nanni, io ti avevo detto di correre. Mica di vincere.»
*Silvano Sarti*

Il giorno delle primarie, il 15 febbraio, dopo quattro mesi e mezzo di campagna elettorale, decisi di andare a giocare a calcetto per ingannare l'attesa. Ma i miei, scatenati, continuarono fino all'ultimo minuto a lavorare, ai seggi, dal Comitato elettorale, per telefono.

Sarà difficile dimenticare il batticuore della serata dello spoglio, degno di un thriller ben ideato. Iniziarono ad arrivare i risultati: eravamo in testa, davanti a tutti. Ma altalenavamo avanti e indietro, in una danza straziante attorno al quorum. Se non ci fosse stata la simpatica modifica regolamentare imposta dal Pd romano avremmo già vinto e saremmo stati a festeggiare. Invece eravamo lì a misurare le percentuali. In vantaggio di quattordici punti sul secondo candidato, eravamo però sul filo dei voti per evitare il ballottaggio. Tra un seggio e l'altro, ovviamente, il pensiero di tutti noi andava alla segreteria nazionale che in quei momenti era oggetto di affettuosi e grati epiteti in puro slang fiorentino che non trovo opportuno né educato riproporre in questa sede. Nella notte l'urlo finale. Ce l'avevamo fatta alla prima, per un soffio. Ed erano stati determinanti i quartieri popolari, quelli più rossi. Gli stessi dove, secondo il giudizio dei saggi sindacalisti improvvisatisi abili profeti, non avrei raccolto quasi nulla. Il Comitato fu invaso dalla gioia, ma prima ancora dallo stupore, uno stupore commovente. Avevamo vinto, a sorpresa. Avevamo vinto, in trasferta. Il bello era che non aveva vinto uno, ma aveva vinto un noi. Aveva vinto un popolo strampalato su cui all'inizio non avrebbe scommesso nessuno.

La vittoria sorprese anche i media nazionali, incuriositi dal fatto che in una delle storiche capitali del centrosinistra il vincitore fosse un outsider che si era tirato fuori dal derby ormai pluridecennale tra dalemiani e veltroniani. I più ritenevano impossibile questo risultato, anche perché se ti basi solo sui reportage dei media non sempre cogli l'umore profondo della tua gente. Può piacere o meno, ma l'opinione pubblica non corrisponde sempre all'opinione pubblicata, anzi. Parliamo spesso di autoreferenzialità dei partiti politici e abbiamo molto materiale su cui discutere. Dovremmo confessare a noi stessi che anche i media spesso rappresentano le cose in modo molto diverso dai fatti. Se avessi dovuto farmi un'idea su chi votare alle primarie di Firenze, per esempio, leggendo le cronache dei quotidiani locali, confesso che non mi sarei votato. Può sembrare buffo e far ridere, ma forse è addirittura inquietante: io non mi ci riconosco. Non sono quella cosa lì. Visto dalla carta stampata mi sembro diverso, profondamente diverso da quello che in realtà sono. Non che soffra della sindrome di Jessica Rabbit, per cui «Non sono cattivo, è che mi dipingono così», ma trovo caricaturale l'immagine che esce da alcune interviste. Quando arrivò l'uragano dei media nazionali, trovai impossibile non restare antipatico ai più. Del resto, diciamo la verità: chi vince sta sempre sulle scatole. È la sindrome di Gastone Paperone. Il cugino Paolino Paperino è molto più tenero nella sua debacle quotidiana.

Risultavo come un arrogantello arrivista, quando in realtà ero solo entusiasta di ciò che insieme a un popolo avevamo fatto. Ma il giudizio dei media, complice anche alcune mie uscite non propriamente misurate, era impietoso. E quando gli americani di «Time» si domandarono se io non potessi rappresentare per l'Italia «una sorta di Obama bianco» ci inserirono un punto interrogativo finale che i colleghi italiani ignorarono. Ecco Renzi, l'uomo ribattezzato dai giornali americani l'Obama bianco. Io come fisico sono più vicino all'Omino bianco, a dire il vero. Ma poco importa. È la stampa, bellezza.

Qualsiasi cosa scrivano c'è, però, un punto di forza che non può essere cancellato. In una società politica che quando punta sui giovani lo fa solo se il capo indica un delfino, uno che adora il capo, uno che ossequia il capo, uno che parla con il tono di voce con cui parla il capo, ci siamo tolti la soddisfazione di sparigliare. Niente contro i delfini, per carità. Se proprio dobbiamo, preferiamo i delfini alla trota, la recente innovazione ittica lumbàrd che ti fa rammaricare, per un momento solo ma per un momento sì, di non essere nato in Polinesia. Ma se di pesci proprio si deve parlare, pensiamo di aver dimostrato che si può andare controcorrente, come un salmone. Controcorrente, e soprattutto contro tutte le correnti, le trombe d'aria e gli spifferi del nostro partito.

La mattina dopo lo scrutinio delle primarie avevo davanti a me la faccia di quelli che ci avevano creduto quando non ci credeva nessuno. Quelli che erano appena arrivati al lavoro e stavano abbracciando i colleghi perché non era vero, come scrivevano i giornali, che aveva vinto Matteo: avevano vinto loro, avevano vinto anche loro con le loro idee e con il tempo dedicato a una sfida all'apparenza impossibile. Aveva vinto un popolo. Un popolo variegato e strampalato, come del resto tutti i popoli che si rispettino. E ciascuno poteva a ragione rivendicare un piccolo pezzo di questa entusiasmante sorpresa.

A me, intanto, saltò il cellulare, per eccesso di chiamate e di messaggini.

Mentre compativo il telefonino sovraccaricato di lavoro, pensai a quello che mi sarebbe accaduto se le cose fossero andate in maniera diversa. Quello stesso telefonino sarebbe rimasto quasi muto. Solo qualche chiamata, sportiva, di solidarietà. Se avessi perso le primarie, il cellulare non si sarebbe letteralmente fuso.

Penso che un giorno, prima o poi, il telefonino debba smettere di squillare. L'idea di restare tutta la vita aggrappato a questi ritmi infernali può essere affascinante solo se risulti già positivo all'antidoping della politica. Sia chiaro: è facile a dirsi, ma non a farsi. Del resto perdere non piace a nessuno. Ma proprio nel momento in cui avevo vinto – anzi, avevano vinto – pensai a un altro momento, quello in cui il telefonino non avrebbe suonato più. Riflettei sul fatto che mi sarebbe piaciuto essere lucido e saggio al punto da decidere io quando smettere con questo mondo, che è un po' come la droga. Ti permette di assuefarti e poi ti colpisce. Non so se è arroganza, ma io ho la forte consapevolezza che nessun elogio pubblico o privato o nessuna accusa gratuita e immotivata possono togliere o aggiungere qualcosa alla verità della tua persona. A ciò che tu realmente sei. Tu sei quello che sei, indipendentemente dalle opinioni di chi ti osanna perché hai vinto una sfida o di chi usa il sarcasmo o l'accusa gratuita e violenta perché hai perso. Tu sei, comunque. E non hai bisogno di un telefonino che squilla ossessivamente per dare senso alla tua giornata.

La politica è un'attività meravigliosa. Ma fuori, fuori anche dalla politica fatta per bene e come servizio, c'è la vita. Che è una cosa più grande, con i suoi valori e con i suoi problemi, della politica.

Mi capita spesso di domandarmi che tipo di padre sia io. Quanto sia giusto sottrarre tempo e pensieri alla compagnia e all'educazione dei miei bambini, Francesco, Emanuele, Ester, che arrivano a malapena a vent'anni in tre. Insieme ad Agnese abbiamo cercato di ritagliarci una vita normale, per quanto possibile. Il problema non è sentirsi gli occhi addosso se entri in una pizzeria o dover scambiare due parole sul calciomercato della Fiorentina e sulle ultime difficoltà del governo prima di ordinare le pizze, ma che non riesci ad assaggiare la margherita con bufala senza aver raccolto tre segnalazioni di problemi sul cassonetto all'angolo che pare puzzare in modo inverecondo (mai visto, peraltro, un cassonetto profumare, ma vallo a spiegare alle persone), due proteste per il funzionamento dell'ufficio anagrafe, una brillante idea risolutiva del traffico oltre che la vibrante protesta di quello che ha appena pestato una simpatica deiezione canina. Come se la cacca l'avesse fatta il sindaco...

Abbiamo deciso di stabilire la residenza non in città, ma nell'immediata periferia, così da garantire loro a scuola, in parrocchia, agli scout, nel calcio e nel nuoto una piccola forma di protezione in più. E spieghiamo loro che non è vero, come ha detto a scuola un compagno di classe, che il «tuo babbo è importante perché il mio babbo l'ha visto a *Porta a Porta*». Ma chi se ne frega della televisione. Il tuo babbo è importante perché (ancora per poco) ti batte a dama, perché legge insieme a te le Cipolline, perché ti fa i tunnel quando si gioca a calcetto e perché ti nasconde il ciuccio e la Virginia, la tua bambola preferita: perché sta con te, non perché va in televisione. Il tuo babbo è importante perché ti dà – o prova a farlo – le risposte alle domande più fantastiche, quelle che solo la bellezza dei bambini può immaginare: «Babbo, qual è l'ultimo numero?».

E la risposta non è chiarissima: «Eh, be', l'ultimo numero è, cioè, hai presente l'infinito, non c'è un ultimo numero vero e proprio, si va sempre avanti. Insomma, i numeri non finiscono, mi sono spiegato?».

«Non ci ho capito nulla, lo chiedo alla mamma quando torna. E comunque vorrà dire che a nascondino si conta fino a quaranta. Tocca a te iniziare, vai.»

Certo, il tuo babbo fa un mestiere un po' così. Diverso dagli altri. Difficile da spiegare. Non vorrete mica che anche a loro racconti che fare il sindaco significa essere «il depositario dei sogni della gente»? Come minimo chiamerebbero il telefono azzurro. Del resto la maestra ci aveva raccontato che Francesco alla scuola materna era già stato chiarissimo e a una domanda sull'occupazione dei genitori aveva detto «Il mio babbo di mestiere fa le telefonate», facendomi nascere un terribile senso di colpa per il tempo passato avvinghiato alla cornetta, che sicuramente non scatterebbe in un onesto operatore di call center.

E questo mestiere un po' così ti porta a contatto anche con storie dolorose, di cui è giusto parlare in casa. Stasera il babbo esce dopo cena. E no, non dovete dire «strano» in modo ironico. Esce per una cosa importante. Esce perché all'una di notte porta un mazzo di fiori per ricordare due bambine piccole, due bambine uccise da una bomba mafiosa proprio vicino agli Uffizi e vicino all'ufficio del babbo. Sì, due bambine portate in cielo, nel sonno, insieme al loro babbo – che lavorava per il Comune di Firenze – e alla mamma, oltre che a un ragazzo che studiava all'università nella nostra città. È la ricorrenza della strage dei Georgofili e il babbo va con la fascia a dire che tutta la città, compresi quei bambini che a quell'ora giustamente stanno a letto, vogliono bene alla famiglia Nencioni e a Dario Capolicchio. Giusto, permesso per l'uscita concordato. «Ma, babbo, ma cos'è questa mafia?» Bella domanda, quasi più difficile di quella sui numeri e sull'infinito. E mentre provi a raccontarlo, a dire del coraggio di tanti e anche del dolore di chi ha perso la vita, ti rendi conto della grande necessità di trovare le parole giuste per coinvolgere i figli in ciò che fai, senza eccessi ma neanche ignorando la realtà. Perché parlarne talvolta può essere utile. Qualcosa resta sicuramente. Il finale è sempre molto tenero. «Ma la mafia ora non c'è più, vero?» chiosa Emanuele al termine della discussione.

«Be', insomma, direi che veramente ancora non è stata del tutto sconfitta.»

«E tu mi vieni a dire queste cose prima di andare a letto? Lo sai che adesso non dormo!»

La politica è un'esperienza di dignità alta e nobile. Ma ci sono realtà che valgono di più. E la tua famiglia è in cima a tutto ciò. Lo vedi negli occhi di tua moglie e pensi che la forza che ti muove sta anche nel fatto che puoi vincere una battaglia o perderla, ma la stima, l'affetto, l'amore che tu hai per lei e che lei ha per te non cambiano. Te ne accorgi la sera quando torni a casa dopo le discussioni della giornata politica e capisci che non c'è soddisfazione professionale che valga più di uno sguardo di complicità a due. E vorresti prendere a prestito le parole di Jovanotti per cantarle che «quando ti guardo dopo un giorno pieno di parole, senza che tu mi dica niente tutto si fa chiaro».

Intendiamoci, non è che fossi diventato improvvisamente buono, tutt'altro. È solo che proprio nel momento della vittoria pensai al fatto che la ruota gira, e gira per tutti. Prima o poi gira. E sarà bene esserne consapevoli quando girerà anche per me. Me ne resi conto qualche settimana più tardi: ero a prendere un caffè in piazza, con un ex potente, uno di quelli che sembrano eterni, politicamente parlando. Ci separa quasi tutto: età, storia, formazione, identità. Però abbiamo sempre mantenuto un canale di dialogo aperto, anche quando abbiamo litigato di brutto. In un momento di rara intimità tra colleghi quasi avversari mi aveva confessato di essere malato di un morbo cattivo, che procedeva senza fretta ma in modo violento. E mi aveva colpito che avesse voluto condividere una vicenda così personale con un ragazzo di un'altra generazione e di un'altra storia. Poi ci siamo combattuti e lui ha perso, anche per errori suoi. Quella mattina scherzava, sorrideva, ma mi rendevo conto che era forte la solitudine di chi aveva attraversato a piedi mezzo secolo di politica e oggi si ritrovava improvvisamente ai margini. Mi sentivo a posto con la coscienza perché sapevo di avergli sempre detto in faccia, a viso aperto, quello che pensavo. Di aver polemizzato con lui quando polemizzare con lui non era facile, specie in una realtà come la nostra, dove i codardi sono talmente tanti e ingenui che pensano che tutti siano meschini come loro. Nei suoi occhi, però, mi resi conto che il mestiere del politico è uno dei più complicati. «La gente è ingrata» mi disse quel giorno buttando giù il suo caffè macchiato. No, non è ingratitudine, quella. È ipocrisia. L'ipocrisia di chi si stende ai tuoi piedi quando vinci e ti calpesta quando perdi. L'ipocrisia di chi ti sussurra alle spalle, non avendo il coraggio di gridarti in faccia. L'ipocrisia di chi ti assicura fedeltà e non riesce a garantirti neanche la lealtà di dirti ciao.

Il giorno della vittoria persone che ero abituato a vedere solo in televisione si fecero vive via cavo. Chiamò Veltroni, al mattino presto, quando ero ancora a casa. Mi fece i complimenti e mi invitò a collaborare e non proseguire nelle polemiche. Chiamò D'Alema, il giorno dopo, in Provincia. Il sarcasmo fu micidiale come sempre: «Complimenti. Leggo che qualcuno ti definisce il nuovo astro nascente della sinistra. Auguri, ma ti suggerirei prudenza e cautela. L'ultimo astro nascente della sinistra è stato appena maciullato. Si chiamava Renato Soru». Le agenzie stavano battendo in quegli stessi istanti i risultati dello scrutinio in Sardegna, letale per il centrosinistra...

Ma prima che il vecchio Nokia esalasse l'ultimo respiro e cancellasse la memoria, trascinando nell'inferno della tecnologia gli sms più belli e divertenti della campagna elettorale, feci in tempo a ricevere una telefonata che mi allargò il cuore. Lui si chiama Silvano Sarti, fiorentino doc, classe 1925. È stato un partigiano, poi un lavoratore e un sindacalista della Cgil. Oggi guida l'Associazione Nazionale Partigiani di Firenze e gira dunque per le scuole a parlare di valori difficili da spiegare alla nuova generazione: democrazia, impegno, libertà. Ma ha una forza nell'espressione che tracima e riesce a coinvolgere ed entusiasmare, a differenza di tanti suoi colleghi. Un paio di suoi interventi ripresi da una telecamera e pubblicati su YouTube hanno avuto un successo strepitoso tra gli utenti internet. Sarti, ovviamente, aveva votato per le primarie e altrettanto ovviamente aveva appoggiato il candidato dalemiano, suo amico e compagno di strada per lunghissimi anni. Non ne dubitavo, del resto. Ma quando qualche mese prima ero incerto su cosa fare, incontrandolo per caso gli avevo chiesto un consiglio. «Silvano, rischio tutto o aspetto paziente?». Il vecchio partigiano aveva allontanato gli altri che stavano con noi e prendendomi sotto braccio mi aveva spronato: «Ma icché tu stai a pensarci? Se alla tua età io fossi stato parecchio a pensare, parecchio attento a non rischiare, ora non sarei qui». Non mi avrebbe votato, ovvio. Ma riconosceva giusto il tentativo di portare aria nuova in Palazzo Vecchio. Mi spronava in privato sapendo da subito che non avrebbe potuto o voluto appoggiarmi in pubblico. La mattina del «day after», Silvano mi raggiunse sul telefonino. E la sua toscanità esplose in una risata così affettuosa da lasciarmi il sorriso per tutto il giorno: «O nanni, ma icché t'hai combinato? Io ti avevo detto di correre, mica di vincere...».

## L'ideale della politica

«Fare politica significa dare una chance all'impossibile.»
*Tony Blair*

Sono arrivato alle primarie senza appoggio romano e come outsider. Ma anche se ho le orecchie a punta, non sono un extraterrestre capitato per caso nel pianeta della politica. Il virus della politica, un virus forte ma scarsamente contagioso, mi ha colpito molto tempo fa, impossibile negarlo. Difficile capire quando, come, perché scatti una scintilla. Posso risalire, forse, a una discussione in casa, con la mia famiglia, negli anni delle elementari. A scuola si era parlato di Sudafrica, di apartheid, di bambini divisi da altri bambini sulla base del colore della pelle. Mi venne spiegato che c'erano panchine diverse, in alcune potevano sedersi solo i bambini bianchi, in altre solo i bambini neri. Chissà cosa scatta nella testa di un bambino: ricordo, infatti, il particolare delle panchine come il più agghiacciante. Cose talmente assurde da sembrare false. E allora noi cosa possiamo fare? Quale può essere la reazione all'ingiustizia? Solo la rabbia o l'indifferenza?

Ricordo anche un'altra storia che mi raccontava mia mamma. Sembrava una favola, ma era una storia vera, accaduta quando a scuola andava lei. Il protagonista era un signore americano che di mestiere faceva il ministro della Giustizia. E che proprio in nome della giustizia aveva schierato l'esercito per consentire a un cittadino americano nero di iscriversi in un'università dove alcuni bianchi non lo volevano. Pur di mandarlo a scuola, all'università, quel signore che faceva il ministro aveva mobilitato l'esercito. Che nell'immaginario di un bambino sono i carriarmati che invadono una facoltà per consentire alla giustizia di trionfare, quasi come Goldrake contro i mostri lanciati da Vega. Wow, addirittura l'esercito. Allora si fanno le cose sul serio...

In quel caso, alla fine, la giustizia aveva vinto davvero. E quel cittadino nero era stato iscritto all'università. Quel signore americano che faceva il ministro e che tanto era piaciuto alla mia mamma si chiamava Robert Kennedy. Ma tutti lo chiamavano Bob, o Bobby, come un film che qualche anno dopo avrei proiettato a centinaia di studenti fiorentini per discutere insieme di quanto la politica possa essere fatica, coraggio, dignità. E per un'idea e un ideale era stato pronto a correre il rischio, fino in fondo.

Ci sarà sempre l'ingiustizia. Ma amare la politica significa innanzitutto scorgere gli esempi di chi prova a lavorare concretamente perché le cose cambino. Qualche mese fa mi capitò di parlare con i miei figli del Sudafrica, mentre vedevamo una delle partite del Mondiale di calcio 2010. Si parlava tanto di questo Paese che il mappamondo ficca laggiù in basso, che per vederlo bisogna proprio andarlo a cercare. E leggendo qua e là quelle che gli inserti speciali dei quotidiani definivano «curiosità» anche ai miei bambini era arrivata la notizia di un personaggio particolare. Un personaggio che per le proprie idee e per il colore della propria pelle era stato in carcere quasi trent'anni, Nelson Mandela. Dopo aver sofferto tantissimo Mandela era riuscito a farsi liberare e, addirittura, a vincere le elezioni per diventare il presidente di tutto il Sudafrica. Un uomo che onorava la parola politica con l'esempio più grande: quello di una vita spesa per la libertà e la democrazia. Mi colpì vedere gli occhi dei miei figli reagire, forse più perplessi che ammirati, al pensiero di poter stare qualcosa come ventisette anni chiusi in una prigione solo perché «colpevoli» di avere idee di giustizia e uguaglianza. E credo che sia stato importante sotto il profilo pedagogico poter dire loro che quell'uomo, quello stesso uomo che un regime aveva costretto in carcere, era diventato il capo dello Stato, quello che firmava le leggi, il garante del fatto che nessuno avrebbe più dovuto soffrire per simili atrocità. Una volta tornato in libertà, il desiderio di Nelson Mandela non era stato fare la guerra o vendicarsi, ma fare politica. Esattamente la stessa cosa che facevano gli altri, ma fatta bene, fatta all'insegna della giustizia e dell'uguaglianza. Mi sorprende orgoglioso il pensiero di essere oggi il sindaco di una città che ha rinunciato ai soldi dello sponsor, al cosiddetto *naming right*, per intitolare il palazzo dello sport a Nelson Mandela. Se volete venire a un concerto o a un match di basket a Firenze, sarete ospiti del Nelson Mandela Forum: perché i bambini sappiano, conoscano, non dimentichino.

Uno dei problemi del nostro tempo è di certo la carenza di maestri, di figure di riferimento positive, di modelli da offrire. In un momento come quello che stiamo affrontando, in cui la crisi educativa attanaglia l'intero sistema Paese, sarebbe molto importante se le famiglie potessero avere modelli positivi da offrire ai propri figli. Poter dire in casa, replicando all'ennesimo servizio del telegiornale o all'ennesima figuraccia del parlamentare di turno nel talk-show serale, che la parola «politico» non è solo sinonimo di meschino, corrotto o egoista, ma è il nome con il quale puoi chiamare anche alcuni eroi del nostro tempo.

In tanti dicono: a scuola non si fa più educazione civica. Vero. Ma il problema è che non ci sono più occasioni di educazione civica neanche in famiglia. Come sarebbe bello, come sarebbe giusto, come sarebbe persino rivoluzionario se un padre o una madre oggi potessero dire al proprio figlio: «No, non sono tutti uguali».

Qualcosa di concreto può essere fatto. Nella mia città stiamo lavorando a un progetto sulla toponomastica. Scegliamo alcune personalità meno conosciute del Novecento, da don Peppe Diana, sacerdote ucciso dalla camorra, al piccolo Iqbal Masih, che lottava per i diritti dei bambini costretti al lavoro minorile, per presentarle nelle scuole. Raccontare la loro storia. E chiedere ai ragazzi di informarsi. Per poi dedicare a questi eroi il nome di una via o di una piazza. Un tentativo quasi banale per attribuire un senso all'indirizzo che sta sulla carta d'identità e soprattutto per dimostrare che l'unico modo di combattere le ingiustizie non è telefonare al Gabibbo...

Sì, lo so, qualcuno pensa che la politica sia un'arte fredda, tutta impostata sulla tecnica, peggio ancora sulla tattica. Come se ci potessimo innamorare della politica perché crediamo nel valore salvifico di un governo tecnico o di una riforma elettorale! Tra l'uninominale all'inglese, il doppio turno alla francese, il proporzionale alla tedesca, alla fine è naturale – per dirla con il noto costituzionalista Roberto Benigni – che l'unica soluzione diventi il bagno alla turca. Ma la parola «consenso» ha in realtà un'etimologia molto bella, molto calda: richiama un sentimento, un'emozione, un moto dell'anima. I tecnicismi e le fisime di chi pensa solo alle alleanze producono chiacchiere, non voti: con i tatticismi si vincono le partite a Risiko, ma si perdono le elezioni, come autorevolissimi dirigenti del mio partito dovrebbero ricordare. Se solo non fossero così impegnati a farci la morale un giorno sì e l'altro pure...

La politica deve ispirarsi all'ideale alto. Senza l'ideale non c'è politica. Ma i politici devono essere degni dell'ideale. In questo momento non è così. Non si tratta di gettare la croce addosso agli uni o agli altri. Non è un cedimento alla facile demagogia. Bisogna semplicemente prendere atto della realtà. Quando parli con le persone, ti rendi conto che il tema della casta a sinistra è forte, fortissimo. Forse quelli che da tanti anni stanno in parlamento non se ne sono accorti. Ma l'indignazione profonda verso la classe dirigente monta soprattutto nel nostro campo. Non accorgersene rischia di essere un clamoroso autogol.

Ho tenuto tante assemblee con i cittadini, ma una delle più dure fu quella in cui pensavo di giocare in casa. Frazione di Lazzeretto, comune di Cerreto Guidi, vicino a Empoli. Praticamente una provincia bulgara: il Pci da queste parti, quando andava male, stava sopra il settanta per cento. Mi avevano invitato alla Festa dell'Unità, come presidente della Provincia, per parlare di strade e rifiuti. Arrivai e mi accolse l'immagine di Stalin dietro la cassa del ristorante. C'erano una cinquantina di persone, già sedute, ad aspettare l'oratore. Contavo di cavarmela rapidamente e feci una breve introduzione. Partì il primo intervento, un «compagno di settantacinque anni, iscritto al Partito dal 1946». Non parlò di strade, di rifiuti, di scuole e pareva poco interessato alle magnifiche sorti progressive dell'Amministrazione provinciale. «Ho un problema, compagni. Ho letto un libro. E mi girano le palle.» Il collegamento tra le due azioni farà sicuramente storcere il naso ai puristi della cultura di sinistra, ma bisogna riconoscere che si tratta di un incipit da sogno. Il libro era *La Casta* di Gian Antonio Stella e Sergio Rizzo, una sorta di bibbia antisprechi che ha venduto più di un milione di copie. La serata era andata. Nessuno intervenne sull'oggetto del dibattito, ma in un clima di crescente indignazione si ragionò di auto blu, di enti inutili, di costi della politica. Anch'io ho l'auto blu, come presidente della Provincia: una Cinquecento azzurra acquistata appositamente al posto della berlina con lampeggiante d'ordinanza. Un piccolo gesto, che non mi salvò dalla scarica di polemiche dei compagni di Lazzeretto. Doveva essere un'assemblea, diventò una via crucis laica.

Quando, finalmente, riuscii a riprendere la Fiat Cinquecento per fare ritorno a casa, non ero più lo stesso. Preoccupato, parlai con i dirigenti del partito e loro mi spiegarono che quella di Stella e Rizzo era facile demagogia, che la politica ha i suoi costi, che certi libri vanno ignorati; bastava far calmare le acque e tutto sarebbe tornato nella norma. È una tecnica consolidata, sia chiaro: si pensi al modo inaccettabile con cui i partiti sono tornati ad assegnarsi rimborsi elettorali, a dispetto di un referendum «finito male». Sono passati tre anni da quell'assemblea, ma le cose non sono cambiate per niente. Anzi.

I dirigenti del mio partito (e non solo del mio, ma prima dell'altrui pagliuzza pensiamo alla nostra trave) continuano a sottovalutare la centralità di questo tema. Eppure dovremmo prenderlo di petto. Con poche proposte, ma chiare e comprensibili. Sogno un gruppo dirigente che non abbia paura di dire con forza: «metà parlamento a metà prezzo». Perché il problema sono i costi della politica, ma sono soprattutto i posti della politica. Troppa gente vive di politica e il troppo stroppia, sempre. Ci sono mille parlamentari. Andrebbero dimezzati, subito. E nella logica di metà parlamento a metà prezzo – che non è lo slogan di una televendita, ma una priorità assoluta per ridare dignità alla politica – si può immaginare di dimezzare l'indennità: tranquilli, nessuno avrebbe difficoltà ad arrivare alla fine del mese. E naturalmente dovremmo avere il coraggio di ritornare all'indennità unica per i consiglieri regionali, oggi ingiustamente diversificata con casi di autentica vergogna, non solo nelle regioni speciali. Per non parlare di pensioni e vitalizi: un parlamento che non ha la forza di fare la riforma delle pensioni si crea una corsia preferenziale dopo appena qualche anno di Montecitorio o Palazzo Madama. Mentre i consiglieri regionali – con la lodevole eccezione dell'Emilia Romagna – non rinunciano al vitalizio neanche sotto l'ondata di protesta popolare. Non credo che sia facile demagogia.

La nuova classe dirigente, la generazione che verrà e che prima o poi si deciderà a mettersi in gioco davvero, dovrà affrontare di petto questo problema.

Sono uno di quelli che soffre quando i media, gli imprenditori, i cittadini, i professori danno la colpa di tutto alla politica. Quando si parla di società civile in contrapposizione ai partiti, come se le persone che decidono di impegnarsi per la cosa pubblica debbano essere inquadrati nelle file degli incivili. Quando una bambina durante il mio tour settimanale nelle scuole fiorentine mi dice: «Io lo so cosa sono i politici, sono quelli che rubano» ci soffro e mi fa male. Perché dove c'è antipolitica si perde la fiducia dei cittadini, che è più importante del voto di fiducia a qualsiasi governo. Ma non credo alle giustificazioni teoriche dei politici che vivono sulla difensiva. Penso che quando la classe politica si trasforma in ceto, in casta, è lei per prima ad alimentare l'antipolitica. Penso che sia giusto assicurare uno stipendio elevato a chi va in parlamento, perché reputo profondamente sbagliato che ci sia chi può permettersi di fare politica e chi no. Ma giudico assurdo che partendo da questo principio sacrosanto si sia intessuto un sistema di favori e di privilegi che porta oggi Cicciolina ad avere la pensione da parlamentare, un commesso della Camera a guadagnare più del sindaco di una grande città (che pure, sia chiaro, è un privilegiato, perché mette in tasca quattromila euro netti al mese), gli strapagati consiglieri regionali a essere gli ultimi intoccabili tutelati da un'assurda norma costituzionale, approvata purtroppo dal centrosinistra nell'ambito della riforma del titolo V della Costituzione (un provvedimento partito da esigenze condivisibili che però ha prodotto più danni che benefici).

Non è un problema economico, ma di scala di priorità. A dicembre, tutti gli anni, vado all'ospedale pediatrico fiorentino, il Meyer. Lavorando con le associazioni di volontariato, mi travesto da Babbo Natale ed entro nel reparto oncologico. Lascio un pacco dono, scambio una battuta, ricevo un pensiero. Potete immaginare il dramma di famiglie che combattono la battaglia più innaturale e atroce, quella contro il tumore ai bambini. Mentre guardi questi piccoli grandi lottatori e ti si scatena un temporale nel cuore, ti capita di incrociare i tanti ragazzi under trenta che si stanno specializzando come medici o sono diventati infermieri professionali. No, non c'è nessuna giustificazione economica. Se stanno lì, non lo fanno per soldi. Puoi anche raddoppiare il loro stipendio, ma non raddoppierai mai la loro dedizione. Se stanno lì è perché hanno fatto una scelta e vivono così la loro missione. Non si respira ogni giorno l'odore di quel dolore solo per qualche centinaio di euro in più. Mi pare così ingiusto che un medico oncologo guadagni un terzo di un consigliere regionale che non trattengo l'indignazione. Sono antipolitico? Forse. Ma mi pare più antipolitico chi non rispetta le gerarchie dei valori.

I politici non devono essere eroi. Ma non possono neanche diventare lo zimbello della società. Nell'immediato dopoguerra l'Italia è stata governata da persone che avevano rischiato la vita per un ideale. Gente che aveva visto in faccia il carcere non perché corrotta ma per le proprie opinioni. Gente che aveva fatto la Resistenza, sui monti o nelle città. Gente che aveva imparato a respirare la libertà dopo anni di apnea fascista. Gli italiani sapevano che quei politici, in media, erano migliori di loro. Non tutti, certo. C'era qualche eccezione, che del resto stava lì per confermare la regola. Ma quei politici erano degni rappresentanti del popolo, percepiti come tali. Erano onorevoli perché erano onorabili. Perché avevano patito su di sé il riscatto di una nazione. Oggi stiamo vivendo una stagione devastante in cui siamo passati dalle polemiche sugli acquisti di case all'estero tramite società offshore all'affitto o al leasing di deputati o senatori. Ci sono politici che parlano di questione morale con la stessa credibilità riconosciuta al conte Dracula dall'Associazione donatori di sangue. I politici non devono essere eroi, ok. Ma devono essere migliori di noi. O almeno provarci davvero. Altrimenti, come diceva quello, tutto va a... escort!

## I valori scout

> «Sei tu che devi vivere la tua vita e, se vuoi riuscire a raggiungere la felicità, devi essere tu a guadagnartela. Nessun altro può farlo per te.»
>
> *Robert Baden-Powell*

A farmi avvicinare alla politica ha contribuito molto anche l'esperienza scout. Ecco che finalmente si spiega tutto, diranno i critici. Ok, lo so. La stragrande maggioranza dei cittadini vede negli scout personaggi un po' curiosi, stile fuoco di bivacco e chitarra, o simpatici perditempo che camminano a pantaloni corti, d'inverno, per sentieri stretti e strade non battute. Un incrocio geneticamente modificato delle Giovani Marmotte con i Cugini di campagna. Per non arrivare alla micidiale frase di George Bernard Shaw secondo cui gli scout sono bambini vestiti da cretini che vanno in giro accompagnati da cretini vestiti da bambini. I pregiudizi sono fortissimi. Difficilmente superabili, mi verrebbe voglia di aggiungere. Eppure per me gli scout hanno significato moltissimo. La necessità di mettersi in gioco, la possibilità di imparare a dire io con responsabilità e a dire noi con libertà, l'occasione di sperimentare la novità e la voglia di non vivere di mediocrità, di non accontentarsi degli avanzi. Di non vivere di refurtiva culturale del pensiero unico e omologante. E il termine del percorso educativo scout prende il nome di partenza, ultimo invito a camminare ancora, a rimettersi in gioco sempre. È una scelta culturale che va in controtendenza rispetto a molti fenomeni del nostro tempo: essere donne e uomini della partenza significa rifiutare di essere le donne e gli uomini dell'apparenza.

Molto di quello che sono oggi lo devo alle route, ai confronti, alle discussioni. Alle veglie notturne e alle giornate piene. Ai momenti in cui la strada ci ha insegnato a vivere meglio nella quotidianità. E in cui incontri con esperienze significative e con persone vere hanno aiutato me e i miei amici a capire che la parola servizio non è uno slogan.

Non credo che si possa parlare dei giovani di oggi solo come di un problema. E se ho questa convinzione profonda, lo devo innanzitutto all'esperienza fatta alla guida di «Camminiamo Insieme». Mi riferisco al giornale scout distribuito in quarantamila case di ragazzi scout tra i diciassette e i vent'anni che ho avuto la fortuna di dirigere per tre anni, poco prima dell'elezione in Provincia. Mi firmavo con lo pseudonimo di Zac. E dalla pena di morte ai talebani, dalla bioetica alle vicende di cronaca, dalla musica all'aborto, dalle questioni etiche alla naja, dal social forum al consumo di droghe, lo sforzo di educare alla complessità offrendo un punto di vista per aprirsi alla discussione libera è stata una delle esperienze più belle; ancora oggi conservo con me alcune lettere di giovani desiderosi di vivere senza lasciarsi stritolare dalla paura.

E conservo l'odore della tendopoli a Nocera Umbra dove con un gruppo di ragazzi ci precipitammo nei giorni dopo il terremoto del 1997, più per ascoltare e fare animazione ai bambini che non per dare una mano concreta. Come pure conservo le luci e i rumori del capodanno a Spalato nel 1994, in un periodo in cui potevamo portare viveri e medicinali a bordo di pulmini e camion insieme ai ragazzi più grandi del gruppo. Penso che le esperienze di protezione civile costituiscano un valore straordinario di identità per i ragazzi più giovani. Poter fare qualcosa di concreto, di cui si tocchi immediatamente il piccolo risultato, per il quale in qualche misura si vede riconosciuta e ricompensata la fatica non è banale.

Non vorrei limitarmi alle sole esperienze positive. Con i ragazzi grandi una volta abbiamo persino sbagliato strada e ci siamo persi in Garfagnana, dormendo all'aperto e aspettando a gloria le luci dell'alba per capire dove diavolo ci eravamo ficcati. Tra l'altro non è neanche una cosa troppo cool perdersi in Garfagnana. Ora, io capisco perdersi nella savana, che fa quasi figo. Torni a casa e lo dici agli amici, lo metti nel curriculum: mi sono perso in uno dei luoghi più ostili del pianeta. Ma vuoi mettere perdersi a Vagli di Sotto, provincia di Lucca? È una cosa che ti vergogni anche solo a raccontare...

Ma alla fine cosa mi ha insegnato lo scoutismo di utile per la mia esperienza politica al netto dei singoli episodi e del generale impegno a «lasciare il mondo migliore di come lo abbiamo trovato», frase cult di Lord Baden-Powell, fondatore del movimento?

In sintesi due grandi valori. Il primo riguarda la questione ambientale come grande sfida culturale da affrontare senza paraocchi ideologici. Il secondo è l'esigenza di costruire comunità e di non galleggiare su abissi di solitudine, tema cruciale per una città prima ancora che per una nazione.

Vado in ordine. Non sono mai stato particolarmente attento o sensibile alle questioni ambientali per partito preso. Non ero uno di quelli che prendeva la chitarra e cantava a squarciagola *Eppure il vento soffia ancora* di Pierangelo Bertoli o *Un vecchio e un bambino* di Francesco Guccini.

Non sono neanche innamorato dell'evoluzione delle formichine nella storia dell'universo, e per quanto mi riguarda darei volentieri il mio modesto ma determinato supporto alla causa dell'abbattimento sistematico delle zanzare. Quando nelle piazze della mia città vedo i turisti che radunano festival di piccioni con le briciole avanzate penso a quanto costerà in termini economici e sanitari ripulire le scuole vicine, e mi verrebbe voglia di inaugurare quello che a Firenze prende il nome di «nocchino pedagogico». Nocchino pedagogico al turista, ovvio: al piccione sarebbe scarsamente igienico. Non ho il pollice verde, non parlo alle piante e dubito che capirei le risposte, non ho mai intavolato una discussione seria con un lupo ma direi neanche con i gatti del vicino. Insomma: spero di essere creduto quando mi presento come lontano dai cliché tradizionali dell'ambientalista integrale. Aggiungo che nell'esperienza del governo dell'Unione certi Verdi, da Pecoraro Scanio in giù, hanno fatto al centrosinistra più danni della grandinata storica agli ulivi toscani del 1985. Perché quando si confonde la tutela sacrosanta dell'ambiente con la voglia di dire sempre no, solo no, nient'altro che no, la credibilità della coalizione scende sotto zero.

Detto tutto questo, penso che se un dirigente politico oggi sottovalutasse la questione ambientale sarebbe un criminale. Non perché è uno di quei temi che ciclicamente «va di moda». Ma perché ricordare di aver preso in prestito il mondo dai nostri figli più che di averlo ricevuto in eredità dai nostri padri è il primo segno di responsabilità, l'altra faccia della libertà. Per un amministratore locale la grande sfida è mostrarsi capace di fare piccole cose, ma concrete. Bisogna rilassarsi: una delibera comunale o provinciale non salverà mai il mondo. Però qualcosa può essere fatto.

Ci sono gli ideologici che passano intere giornate a fare convegni sul riscaldamento globale e sulla fine del mondo: credibili come la profezia dei Maya e avvincenti come il Mago Otelma, disquisiscono da mattina a sera sull'universo mondo.

Poi ci sono i pragmatici, che non conoscono a memoria tutti i rapporti delle inutili sovrastrutture organizzative delle Nazioni unite su questo tema, ma provano nel loro piccolo a smuovere le acque. Come vagamente intuibile, preferisco la seconda categoria. Per me volere una città più sostenibile ha significato mandare immediatamente in pensione i vecchi autobus inquinanti e cambiare nel primo anno di governo locale il cinquanta per cento della flotta dell'azienda di trasporto pubblico. Operazione che, in tempi di tagli, richiede volontà e anche fantasia, credetemi. Volere una città più sostenibile significa risparmiare i soldi di qualche convegno però investire per collegare più di centomila abitanti di Firenze al depuratore. Già, perché nella città del fiore il depuratore è stato realizzato da diversi anni e funziona molto bene. Peccato però che quasi tutta la riva sinistra d'Arno non sia stata collegata al depuratore e manchi il collettore fognario: opera fondamentale che mi sono precipitato a finanziare. Perché va bene tutto, ma se un terzo dei tuoi cittadini scarica nel fiume, come la mettiamo con l'innovazione ambientale e la qualità delle acque?

Volere una città più sostenibile significa cercare di ridurre la produzione dei rifiuti, specie a monte, nei grandi imballaggi; significa cercare di aumentare la raccolta differenziata, garantendo però che alla fine della fiera, e della filiera, non ci sia chi fa il furbo rimettendo insieme indistintamente ciò che l'impegno dei cittadini ha selezionato; significa alla fine avere degli impianti di termovalorizzazione che siano in grado di evitare le figuracce internazionali che il nostro Paese (tutto il nostro Paese, non solo il singolo amministratore o la singola regione) continua a fare ciclicamente quando Cnn e Al Jazeera mostrano le strade napoletane piene di monnezza. Costruire termovalorizzatori efficienti, da controllare in modo pubblico attraverso la verifica trasparente delle emissioni, è un'impresa. Porterò a lungo nel mio cuore la telefonata del padre di un bambino malato di tumore che mi accusava di aver fatto ammalare suo figlio con il termovalorizzatore che la Provincia da me presieduta aveva deciso di costruire nell'immediata periferia di Firenze. Può esistere un dolore più grande di un padre che vede ammalarsi in modo così grave il figlio? No. E infatti ogni tua spiegazione tecnica suona arida davanti a un dolore così devastante. Tuttavia il piccolo particolare su cui quel povero babbo non aveva, forse comprensibilmente, voglia di discutere – anche in virtù della campagna psicologica fatta da sedicenti scienziati del territorio – era che non poteva esistere alcun collegamento tra la malattia di suo figlio e il termovalorizzatore, non solo per l'ottima motivazione che la comunità scientifica internazionale considera questi impianti come normali impianti industriali (certo, inquina meno una sorgente in montagna di una fabbrica, ma le emissioni vengono controllate e ci sarà un motivo se in tutto il mondo i termovalorizzatori vengono realizzati addirittura nei centri storici, come ad esempio a Vienna). Ma anche e soprattutto perché quell'impianto è stato votato dalla Provincia ma mai finora realizzato: prima che venga costruito passeranno con tutta probabilità ancora anni e anni di scartoffie burocratiche, di polemiche dei comitati, di furibonde dispute ideologiche.

Quanta amarezza nel vedere strumentalizzato a fini politici il dolore di una famiglia. Anche i pasdaran dell'ideologia dovrebbero darsi dei limiti, almeno ogni tanto.

Volere una città più sostenibile significa recuperare energia elettrica dall'acqua delle tredici briglie che stanno sul fiume, per riportare l'Arno a essere amico della città dopo la ferita ancora aperta dell'alluvione del 1966. Volere una città più sostenibile significa non solo presentare il piano strutturale a volumi zero ma anche incentivare la costruzione di edifici in legno, come sta avvenendo nel quartiere di Gavinana, o l'abbattimento delle vecchie case popolari degli anni Sessanta e Settanta per ricostruirvi con criteri di massimo risparmio energetico, quelli che gli esperti definiscono di classe A. Perché continua a intrigarmi l'idea che una città sia riferimento di civiltà non solo per le opere d'arte che contiene ma anche per l'attenzione che dedica all'edilizia residenziale pubblica: il risparmio energetico non può essere un passatempo trendy per chi ha i soldi, ma deve diventare un'opzione cruciale per l'amministrazione e un'occasione di risparmio per chi è in difficoltà economica. Già, perché quando si fanno le cose fatte bene i risultati si vedono in bolletta. Non è facile far passare questo messaggio: altro che ragionamenti astratti, l'ambientalismo concreto incide sul tuo portafoglio.

Proprio come pubblica dimostrazione, nel 2008 organizzammo un esperimento molto particolare con la collaborazione di CasaClima, un'azienda di Bolzano che costituisce la massima autorità in questo settore: ospitammo in piazza della Repubblica due enormi cubi di ghiaccio. Agosto pieno, termometro ben oltre quota trenta gradi e tanti turisti che si domandavano cosa significasse la presenza del ghiaccio in centro a Firenze. Uno dei cubi di ghiaccio venne coperto da una casetta in legno certificata CasaClima: il massimo della sostenibilità, insomma. L'altro venne lasciato all'aperto, gnudo e crudo, come si dice a Firenze: si sciolse in meno di tre giorni. L'altro cubo di ghiaccio rimase lì, difeso e protetto dall'afa agostana solo dal legno della casetta. Quando dopo tre settimane di attenzione mediatica togliemmo la casetta scoprimmo che il cubo di ghiaccio era rimasto intatto per oltre il 70 per cento.

Sono piccoli simboli, occasioni per una pedagogia ambientale spicciola e concreta, niente di più: il tentativo di arrivare a un cambio radicale di mentalità. Per il quale costruire meno e costruire meglio – come prevede il piano strutturale innovativo della città di Firenze – sia percepito non come un costo ma come un investimento. Un cambio di mentalità che veda nel medio periodo i bambini di oggi protagonisti di una rivoluzione. Per loro nel parco più bello della città, il Parco delle Cascine, stiamo realizzando uno spazio dedicato così da accrescere la consapevolezza delle trasformazioni in corso. Una riduzione che consenta – in occasione dei Campionati del mondo di ciclismo che Firenze ospiterà nel 2013 – di rifare qualche strada ma anche e soprattutto di educare alla ciclabilità i più piccoli, in una città talmente piatta da essere una ghiotta occasione per gli amanti del pedale. E che preveda dopo il 2015 l'istituzione di un sistema di blocco degli accessi delle auto nel territorio comunale per chi ha un'auto tradizionale e non elettrica: lasciando naturalmente in tutte le porte della città un sistema di car sharing basato sull'elettrico funzionale ed efficiente.

Puntiamo a fare di Firenze una vera capitale della sostenibilità sul modello di alcune città europee che hanno molto da insegnarci in questo settore. Regole urbanistiche, modelli di trasporto pubblico, interventi infrastrutturali sulle acque e i rifiuti, ciclabilità e recupero del verde: scelte pesanti, fatte all'insegna della guerra all'ideologia.

Merito o colpa delle serate in pantaloni corti con un fazzoletto al collo? Non so dirlo. So che prendere sul serio la parola responsabilità è per me un valore scout. E se è cruciale nelle grandi tematiche ambientali, sicuramente gioca un ruolo importante anche nell'idea di comunità che un Paese – e soprattutto una città – esprime. Siamo solo un indistinto ammasso di codici fiscali accatastati uno sopra l'altro? O siamo davvero una comunità? Abbiamo dei luoghi fisici, culturali, spirituali che ci uniscono? Senza domandarsi, alla vecchia maniera, se siamo uomini o caporali, possiamo chiederci se vogliamo essere cittadini o solo consumatori?

Per un sindaco è un tema centrale. Non sei l'amministratore delegato di un'azienda o di un condominio. Sei il custode pro tempore dei sogni di una comunità. E ogni giorno ti scontri con piccoli e grandi dubbi identitari.

Una delle scintille nacque quando mia moglie mi raccontò tra lo sconsolato e il divertito che nella spiegazione mattutina in classe, mentre cercava di raccontare una vicenda fiorentina del passato accaduta in una piazza del centro, era stata attraversata dal dubbio che in realtà i suoi studenti non conoscessero per niente la piazza e la zona di cui stava parlando. Una studentessa infatti l'aveva interrotta con la più classica delle domande: «Profe, scusi, ma accanto che negozio c'è?».

Profe, scusi, ma accanto che negozio c'è? Come se l'elemento caratterizzante di Firenze fossero i brand globali che segnano la bussola per i più giovani. La cultura, l'identità, la specificità di un luogo e di una zona dettate non dagli eventi storici sedimentati in quelle pietre e in quelle piazze, ma dai templi dello shopping. Profe, scusi, ma accanto che negozio c'è?

Nessun moralismo, sia chiaro. Se quella ragazza decide di orientarsi con i marchi della moda e georeferenziare la propria vita sulla base dello shopping, non è certo una sua responsabilità, ma un segno dei tempi. Ci hanno cresciuti a pane e centri commerciali fin dalla tenera età, rendendo questi spazi i veri punti di riferimento dell'urbanistica cittadina. Non siamo mai andati a letto dopo *Carosello*, ma al contrario ci hanno bombardato di spot pomeridiani durante i cartoni animati fin da quando eravamo piccoli. E ora cosa pretendono? Che discutiamo di Karl Popper e della cattiva maestra televisione?

Detesto il moralismo, specie quello dei moralisti senza morale. E allora mi piace pensare a una giovane donna italiana, adesso affermata conduttrice della trasmissione televisiva *Le Iene*, che risponde al nome di Ilary Blasi. Il giornalista di un settimanale va a intervistarla, nella sua città. Le chiede di accompagnarlo nel posto che lei ritiene più bello. È romana, avrà l'imbarazzo della scelta, penso io mentre leggo. Il Colosseo? I Fori Imperiali? La Cappella Sistina? Il colle del Quirinale? Il Campidoglio? Macché, tutt'altro. La Blasi sale in macchina e guida il giornalista in periferia. Fuori dal centro commerciale dove è cresciuta, sul muretto attorno al quale si riuniva la sua compagnia, i ragazzi della sua età.

Quando racconto questo episodio in campagna elettorale c'è chi polemizza contro i ragazzi di oggi, chi fa battute sui centri commerciali della periferia fiorentina, chi accetta ogni commento della Blasi purché Totti smetta di segnare contro i Viola. Ma in realtà io sono profondamente colpito da questa intervista, perché credo che la Blasi esprima, in modo simpatico e scanzonato, un concetto condiviso da moltissimi suoi coetanei. I criticoni snob che ironizzano sulle sue parole dovrebbero ricordare che la maggioranza dei ragazzi italiani degli anni Ottanta non ha ricevuto dalla politica, dalla scuola, dalle istituzioni sociali, civili, religiose le opportunità per riflettere a fondo sul senso dell'appartenenza. Il fatto di non esprimere su questa realtà un giudizio etico non significa dover rinunciare a un impegno politico. Che è quello di rimarcare un'identità.

Nel dibattito culturale e politico del nostro tempo la parola identità viene sempre intesa contro qualcosa. No, non può essere contro. È un vizio di stampo leghista pensare che per essere qualcuno io debba essere contro qualcosa. La sinistra non può avere paura del concetto di identità, quasi fosse un attentato all'idealità. L'identità di un popolo, di una generazione, di una comunità è una grande questione politica.

Nel nostro caso, viviamo in un territorio che ha dato i natali o ha visto crescere alcune delle più grandi figure di ogni tempo. Da Leonardo a Michelangelo, da Dante a Galileo, da Giotto a Lorenzo il Magnifico, da Botticelli a Brunelleschi per arrivare alle invenzioni del telefono e del motore a scoppio fino alle grandi personalità del Novecento. Ma non ci serve un album delle figurine, magari per piangerci addosso al grido di «si stava meglio quando si stava peggio», inveterato slogan dei professionisti della nostalgia. Ci serve capire se possiamo rilanciare nel futuro quei valori che hanno fatto del nostro territorio una realtà unica al mondo. Come riaccendere il gusto per la bellezza e per l'innovazione che ispirarono il pittore e lo scienziato?

Come risvegliare il senso di appartenenza e di curiosità che mossero il poeta e l'architetto? Come essere pionieri del futuro e non solo pigri eredi del passato? È il tentativo di animare il valore civico della memoria, ma soprattutto di alimentare la passione per l'innovazione. Significa strappare la cultura al monopolio degli addetti ai lavori, evitare di fare dei nostri capolavori pertinenza esclusiva delle sovrintendenze e delle burocrazie, costruire un senso di appartenenza non basato sulla contrapposizione e sull'esclusione.

Ma se vogliamo evitare discussioni soporifere e pregiudizi ideologici *radical chic* contro chi ci domanda: «Profe, accanto che negozio c'è?», dobbiamo avere il coraggio di proporre un racconto unificante per la comunità. Vale a Firenze e nel suo territorio. Ma vale più in generale per l'Italia di oggi, l'Italia che prova a costruire una storia attorno al Risorgimento e all'unificazione.

Il sindaco di Firenze è il sindaco di una delle tre città capitali d'Italia, assieme alla prima, Torino, e all'ultima, Roma. Il Regno ha fatto tappa a Firenze poco tempo, verrebbe da dire per fortuna, visto che ancora la città non ha ricevuto l'indennizzo fissato per legge al momento del definitivo trasloco dell'amministrazione centrale a Roma, *David* di Michelangelo in testa. Quando si sono aperti i festeggiamenti per i centocinquanta anni d'Italia ero con i colleghi Chiamparino e Alemanno a Reggio Emilia a ricevere simbolicamente dal presidente della Repubblica Napolitano il tricolore. Mentre si svolgeva la cerimonia pensai a lungo al significato profondo di questo anniversario. Non credo a certa esaltata retorica risorgimentale per cui l'Italia l'hanno fatta solo Cavour e il regno sabaudo. Se poi vedo qualche Savoia di oggi dare lezioni di storia sulla rete del servizio pubblico pagata dal canone dei cittadini avverto un leggero senso di imbarazzo pensando che questo Paese può davvero permettersi tutto e il contrario di tutto. L'Italia l'hanno fatta la lingua di Dante, la passione per il bello e per il gusto, la secolare tradizione di un popolo unito da valori profondi, con buona pace di Metternich e delle sue espressioni geografiche. Ma certo l'occasione dell'anniversario è una bella opportunità per domandarsi che tipo di cittadini vogliamo essere, noi abitanti del mondo piatto e globale, noi viaggiatori instancabili, noi navigatori non solo della rete.

Ho imparato l'inno di Mameli in occasione delle partite di calcio. E ancora oggi alcune parole mi sembrano forzate e fuori luogo. Ma lo canto in ogni occasione pubblica, sfidando il rischio di stonare, perché mi rendo conto che costituisce un mattone della nostra storia e di conseguenza del nostro futuro. E penso a chi è morto gridando viva l'Italia, a chi è vissuto inseguendo un ideale, e mi emoziona riscoprirmi concittadino e compatriota di grandi personalità. Come quel Giorgio Ambrosoli, uomo onesto, professionista capace, monarchico che scrive alla moglie una lettera di bellezza impressionante: «Anna carissima [...] dovrai tu allevare i ragazzi e crescerli nel rispetto di quei valori nei quali noi abbiamo creduto [...] Abbiano coscienza dei loro doveri verso se stessi, verso la famiglia nel senso trascendente che io ho, verso il Paese, si chiami Italia o si chiami Europa».

Chi fa politica, oggi, ha bisogno di difendere il valore dell'unità storica ma ha anche il dovere di proporre un racconto unificante per il nostro domani. Saranno stati cento, centocinquanta i grammi della bandiera tricolore che stringevo tra le mani mentre tornavo al mio posto durante la cerimonia di Reggio Emilia. Ma rappresentano il peso di una storia. Che la politica ha il dovere di consegnare al domani.

# La frontiera più bella, la scuola

«Trasformare i sudditi in cittadini è miracolo che solo la scuola può compiere.»

*Piero Calamandrei*

Credere nelle istituzioni, nella politica, nel futuro non era facile nemmeno nei momenti in cui io andavo a scuola. Tutt'altro. Ho vissuto gli ultimi anni del liceo con i politici indagati, arrestati, condannati, anche se alla fine i condannati furono meno degli arrestati e questo dovrebbe farci riflettere. Il senso di disprezzo verso l'impegno civile era in quegli anni molto forte, forse persino maggiore che in questi giorni, caratterizzati più dalla rassegnazione che dalla rabbia. Eppure per me pochi luoghi come la scuola sono stati occasione di avvicinamento alla *res publica*.

In classe ero considerato per molti e differenti motivi il politico. Non che l'espressione allora suonasse positiva, anzi. Chi è nato negli anni Cinquanta e Sessanta ha potuto apprezzare, probabilmente, il lato intrigante dell'espressione: «Quello ama la politica». Magari con il libro in tasca e la faccia da intellettuale impegnato poteva persino cuccare. Chi è nato negli anni Settanta e Ottanta e racconta di avere una passione per la cosa pubblica è invece solitamente steso sul lettino e gli viene chiesto: «Ok, va bene, ma raccontaci cosa ti è successo da piccolo».

La maggioranza dei miei compagni aveva ben chiaro il lato positivo della vicenda, specie quando in classe entrava il professore di storia e filosofia, consigliere comunale dell'Msi per una vita a Firenze. L'obiettivo era chiaro: impedire che interrogasse usando un escamotage, per prepararsi all'interrogazione di greco o di latino dell'ora dopo. Non funzionava sempre, ma spesso sì. La tecnica, del resto, era consolidata. Con nonchalance, qualcuno – quasi sempre una ragazza – buttava in aria un argomento su cui il professore potesse attaccare a ruota libera. Gli forniva un assist irresistibile perché potesse iniziare a togliersi quelli che definiva sassolini nella scarpa. Era consapevole che sarebbe esplosa la discussione, ma non voleva rinunciare al piacere della sfida. Perché su almeno uno dei temi toccati qualche sciagurato studente avrebbe sicuramente risposto, dando vita a un'ora serrata di polemica e dibattito con toni così accesi che al confronto *Ballarò* e *AnnoZero* possono apparire gentili conversazioni di beneducate signore inglesi all'ora del tè.

Negli anni in cui ho frequentato il liceo, gli anni di Tangentopoli, il professore viveva – o pensava di vivere – il proprio agognato momento di rivincita personale. La Prima Repubblica crollava sotto i colpi delle indagini giudiziarie e chi, come lui, aveva vissuto una vita ai margini del sistema politico poteva ben rivendicare la propria diversità. Fin qui nulla da eccepire. Ma quando cercava di provocare sulla storia, sull'omicidio Matteotti, su don Minzoni e sulle tragiche vicende del Ventennio, allora scattava la reazione. E l'ora di storia o di filosofia se ne andava, con grande entusiasmo di qualche compagno di classe poco interessato alle leggi fascistissime o alla soppressione delle associazioni cattoliche del 1931, ma molto preoccupato dalla possibile interrogazione, sostituita da un ring verbale dove uno sparuto nucleo di studenti replicava alle presunte verità del professore. Che ci sembravano assurde e strampalate, ma che per essere combattute dovevano essere studiate. Lui si divertiva a provocare, a tirare fuori i documenti di insospettabili personaggi della sinistra che negli anni Trenta erano stati fascisti o avevano scritto pagine spassionatamente filomussoliniane e che la storiografia ufficiale aveva del tutto rimosso. A sgretolare il mito dell'Italia antifascista, citando fonti e offrendo stimoli importanti. E anche quando esagerava, magari arrivando al punto di sfiorare l'apologia di reato, eri comunque costretto a rispondere senza il facile dogma dell'ideologia, ma citando i fatti e richiamando contenuti. Ti costringeva a studiare per non lasciargli mai l'ultima parola, pur sapendo che era uno scontro tra un paio di liceali sbarbatelli e ignoranti e un uomo che aveva la sua esperienza. Naturalmente non condividevo l'idea che un professore dovesse provocare sul passato e sull'attualità con così tanta durezza. Ma devo riconoscere che mai e poi mai il giudizio sulle mie idee è diventato l'occasione per una ripicca sul giudizio scolastico. Se ero preparato me lo riconosceva, se non ero preparato lo rimarcava, in totale libertà. Anzi, è stato proprio il professor Cancemi, nonostante le sue idee fossero diametralmente opposte alle mie, a essere decisivo in sede di esame di maturità, come membro interno della commissione. Non sono mai stato uno studente modello e non ricordo di aver mai ottenuto più dell'otto in condotta. L'anno precedente la maturità ero riuscito anche a farmi rimandare in scienze e non era certo un'impresa facile in un liceo classico... Eppure, nonostante i risultati non esaltanti dei cinque anni e un compito di greco appena sufficiente, se alla maturità ottenni il massimo dei voti, contro tutte le previsioni comprese le mie, lo devo proprio al fatto che il membro interno si batté con determinazione per me. Anche se avevamo discusso e litigato furiosamente per tutti e tre gli anni...

Ho sempre pensato che la politica dovrebbe occuparsi di più e meglio della scuola. Non si tratta semplicemente di scegliere persone all'altezza del compito, anche se devo confessare che il problema esiste, se è vero che ancora oggi il ricordo di un ministro della Pubblica istruzione che va al *Maurizio Costanzo Show* e non indovina un congiuntivo neanche per sbaglio rimane scolpito nella memoria della mia generazione. No, c'è qualcosa di più della pur delicata selezione della classe dirigente. Il punto è che per me la scuola costituisce il luogo laico più sacro che possa esistere, lo spazio fisico e spirituale nel quale ragazze e ragazzi fanno i conti con la propria libertà. È la frontiera più suggestiva, difficile e intrigante del nostro tempo. Confesso di avere un'autentica fissazione su questo punto. Penso che tutti, qualsiasi sia la nostra appartenenza politica, dovremmo nutrire un rispetto profondo per le stanze nelle quali i nostri figli divengono cittadini. Mi assale una vera e propria idiosincrasia verso quei candidati che vanno nelle scuole o fuori da esse, magari anche solo per volantinaggio, nel periodo di campagna elettorale: lo giudico un atto irrispettoso. I partiti non possono speculare sulla scuola. È la politica invece che deve dedicarle maggiore attenzione, partendo dalle questioni teoricamente più semplici come l'edilizia scolastica, la pulizia delle aule o l'organizzazione dei servizi fino alle sfide più ricche di contenuti pedagogici.

Io ho scelto di mettere la scuola al centro dell'iniziativa amministrativa e tutti i martedì mattina entro in un istituto di Firenze, sia esso scuola dell'infanzia, elementare o media. Parlo con gli insegnanti, con i collaboratori, con il variegato e composito mondo dell'educazione. Mi seguono i tecnici che curano la manutenzione o la mensa, in modo da affrontare insieme immediatamente gli eventuali problemi. E mi apro alla discussione con i bambini.

Alcuni di loro preparano lettere, dove affrontano le questioni più importanti: i giochi rotti nel giardino sotto casa, le cacche dei cani che non vengono raccattate dai padroni, la minestra che non è buona e sarebbe meglio avere sempre a pranzo la pizza. Mi regalano disegni, che puntualmente carico sul mio sito internet: al momento sono più di mille quelli che ho ricevuto in poco più di un anno di mandato. Ma poi, quando entri in classe e parli, i bambini vanno al sodo. E spesso ti mettono in crisi. Perché quando Lucia ti chiede come mai la sua compagna di banco Fatima, prima media, nata all'ospedale di Careggi come lei, che parla con la c aspirata come lei, che ha gli stessi grandi sogni e piccoli incubi che ha lei, non è cittadina italiana a differenza sua, tu cosa rispondi? Che questo Paese è incivile perché continua a inseguire lo *ius sanguinis* anziché lo *ius soli* come fanno quei pericolosi rivoluzionari sinistrorsi degli americani? Fatima è cittadina del mondo, come te, Lucia. È cittadina italiana anche se il Comune non lo può dire ufficialmente. Ha i tuoi stessi miti televisivi, la stessa gelateria a cui tu sei affezionata, lo stesso modo di sbuffare quando non arriva l'autobus o di sognare quando da piazzale Michelangelo lascia volare liberi i suoi pensieri. Vuole bene a Firenze e ai suoi palazzi, alle sue luci, ai suoi difetti quanto le vuoi bene tu. E sarà bello, cara Lucia, provare tutti insieme a dire quella frase così semplice e banale: ogni bimbo che nasce in Italia è italiano. Punto.

Quando entro in classe domando sempre qual è il luogo

di Firenze più bello per loro. Uno dice piazza del Duomo, e l'altro risponde Palazzo Vecchio, e l'altro sogna Santa Croce o gli Uffizi o magari il Parco delle Cascine. Per non parlare di quel bambino musulmano, della scuola elementare Cairoli di via della Colonna, che mi disse «Per me il luogo più bello è la chiesa degli ebrei, qui dietro». Avrei voluto riprendere con la telecamera quel momento, in cui il piccolo Nadir dava il suo poderoso contributo al dialogo tra i popoli, che ha sempre caratterizzato Firenze. Faccio fatica a dimenticare Francesco, che in una scuola di periferia, alla mia domanda esitò qualche secondo, poi rispose: «Secondo me la cosa più bella di Firenze è la Torre di Pisa», creando una risata forse eccessiva di insegnanti e compagni di classe ma suscitando nel provincialissimo sindaco di Firenze un'angoscia esistenziale mica da ridere. Sì, perché va bene la globalizzazione, ma fiorentini e pisani non possono mica andare d'accordo, eh! Ma i bambini riescono a metterti ko in tanti modi, non solo quando ti costringono a pensare o a sorridere. Anche quando ti rispondono: «Firenze è tutta bella, però la cosa brutta è che mio babbo non ha più lavoro». Perché con loro saltano le mediazioni, i formalismi, i cuscinetti interpretativi: ti ritrovi la tua città davanti riflessa in piccoli occhi vivi e vivaci.

Varcare la porta di una scuola è un momento contemporaneamente difficile e magico. Quando la mattina entri in una scuola senti su di te la responsabilità di tutti quelli che camminano con te. Nessuno escluso. E i bambini ti guardano, ti scrutano, ti parlano. Magari ti chiedono l'autografo sul diario neanche fossi un calciatore. Ma in realtà ti stanno mettendo alla prova. Tu sai che con i bambini non si bluffa. Non c'è un correttore automatico per eliminare i tuoi difetti quando stai in mezzo alla gente. È un piccolo segno: l'idea che l'amministrazione considera tutti i cittadini uguali, davvero, come recita il secondo comma dell'articolo 3 della Costituzione. E i bambini cittadini uguali agli altri anche se non hanno l'età per votare. E riconosce la funzione sociale degli insegnanti, ruolo insostituibile, cruciale per una democrazia.

È vero, esiste il problema del riconoscimento economico per la funzione di insegnante. È un tema che la politica non può eludere. Ma c'è qualcosa di più importante del riconoscimento economico. Lo dice, per quello che può valere, il marito orgoglioso di un'insegnante precaria della scuola pubblica. Del resto, se uno decide di insegnare sa che non sarà lo stipendio il valore aggiunto del proprio lavoro. Ma la possibilità di concorrere all'educazione di una libertà. C'è cosa più grande e più bella di questa?, domando alle insegnanti quando faccio il giro delle scuole dicendo loro il grazie della città per il loro servizio. Le reazioni sono molto variegate: tanti sono le donne e gli uomini che continuano a insegnare dominati dalla frustrazione e da una stanca rassegnazione che fa da contorno a un pessimismo cosmico. Ma la maggioranza del corpo docente di cui incrocio il cammino è composta da persone appassionate ed entusiaste.

Un sindaco deve saper dire grazie a questi insegnanti. Deve incoraggiare e stimolare i giovani cittadini a sentirsi protagonisti della propria città. Deve occuparsi e preoccuparsi delle questioni logistiche della scuola. Ma non può, cavolo, non può e non deve usare la scuola come dépendance privata delle proprie frustrazioni politiche. Lo dico pensando alla pagina vergognosa che è stata scritta nel 2010 in un piccolo paese bresciano, Adro, dove il sole delle Alpi, simbolo della Lega, è stato furiosamente riprodotto in tutti gli angoli della scuola. Se questo collega sindaco abitasse a Firenze non esiterei a richiedere il trattamento sanitario obbligatorio. Perché violare e profanare con motivazioni di parte i luoghi della comunità è ingiusto e va evitato. Ma violare e profanare la scuola con il misero bagaglio della propria violenza ideologica è un atto assurdo.

Solo forse la Corea del Nord ha i simboli del partito nelle scuole, o forse nemmeno loro. Su questo tema bisognerebbe farsi sentire un po' di più, tutti, senza paura di dire cose politicamente scorrette.

Non è una questione che vale solo per le elementari, ma anche per le scuole superiori. Quando ero presidente della Provincia ogni inaugurazione di scuola o di palestra era l'occasione per sfidare a calcetto i ragazzi con la squadra – rigorosamente bipartisan – del Consiglio provinciale: puntualmente riportavamo a casa sonore sconfitte, pesanti almeno quanto i chili di differenza tra noi e i ragazzi. Eppure il piccolo gesto sportivo contribuì molto ad avvicinarci ai sogni di una generazione spesso incomprensibile per gli addetti ai lavori della politica.

Quando nel 2008 un settimanale pubblicò un reportage su alcuni giovani italiani scoperti a fotografarsi con vessilli nazisti dentro un campo di sterminio capimmo che qualcosa andava fatto subito.

Coinvolgemmo oltre cento studenti di scuole diverse di tutto il territorio provinciale. Organizzammo per loro un corso sulla storia del Novecento in cinque lezioni. Andammo a Milano a chiedere l'aiuto di un giovanotto fiorentino, classe 1925. Si chiama Nedo Fiano. Fu deportato ad Auschwitz perché ebreo a diciannove anni. Lì perse la mamma, il babbo, il fratello, la cognata, il nipotino di diciotto mesi. Lì vide decimare il suo popolo, i suoi amici, le persone con le quali era cresciuto. Si salvò per miracolo. E dopo sessantaquattro primavere aveva ancora la forza di prendere per mano i fiorentini che avevano diciannove anni allora. Accettò di accompagnarli per mano nel luogo del male assoluto. Lui che dà del tu al dolore, sale su un charter pagato dalla Provincia di Firenze: fossero questi i costi della politica! In albergo, a Cracovia, la sera racconta la sua testimonianza in settanta minuti di dolore profondo e di emozione tangibile: ci parla della sua infanzia, del macellaio di via dei Neri e dei suoi compagni di scuola. Ci fa commuovere pensando agli occhi verdi di sua mamma. Ci riporta con le parole a un cielo stellato bellissimo, ma è il cielo di Birkenau all'arrivo dei carri bestiame in cui viaggiano donne, uomini e bambini. Ci racconta la selezione, davanti a quel binario che ci avrebbe mostrato fisicamente il giorno dopo: l'85 per cento delle persone appena arrivate vengono portate «a fare la doccia». Spogliate, rannicchiate, le mamme messe insieme con i bambini perché non diano troppa noia con le loro paure e poi il gas che esce al posto dell'acqua. E le persone bruciate nei forni, con le ceneri che diventano cibo per pesci nella Vistola: non un film dell'orrore, ma la fine vera, reale della famiglia Fiano, con il solo Nedo escluso, e di tante altre famiglie ebree e non solo ad Auschwitz.

Nel mio cuore tornano spesso gli sguardi dei ragazzi appena maggiorenni che il giorno dopo vengono accompagnati nei campi di sterminio da questo signore che aveva la loro età quando ha vissuto l'inferno. Nedo ci racconta i particolari quasi banali, quelli a cui dai meno importanza. I milleduecento cani terribili delle SS. Gli oggetti personali occhiali, pettini, ciocche di capelli, pentole: testimonianza di una quotidianità stuprata dall'orrore e dall'odio. Le urla, perché i kapo non sanno parlare ma solo urlare. E i bambini, quei bambini che dopo intere giornate e intere nottate in treno appena i vagoni si aprono scendono giù, di corsa. Felici, saltano felici, magari con in mano quel bambolotto tenacemente abbracciato per sette giorni e sette notti.

La sera in albergo c'era poca voglia di parlare. Ma fu proprio Nedo ad aprire la discussione. Perché «da un grande male può nascere un grande bene e adesso tocca a voi». Quei ragazzi si resero conto che non eravamo lì per stupirli con effetti speciali. Non per colpire il loro cuore o la loro immaginazione. Eravamo lì perché si rendessero conto che la libertà è il dono più grande, più prezioso, più difficile. Eravamo lì perché la scuola potesse insegnare a ciascuno di loro a vivere e non solo a vivacchiare. Eravamo lì perché la generazione di Nedo sapesse di poter lasciare il testimone della responsabilità.

Altro che sole delle alpi, altro che simboli di parte, altro che inutile ideologia. La scuola è la frontiera più bella, una palestra di libertà di cui la politica non può ricordarsi solo in campagna elettorale. All'alba del terzo millennio la società italiana non ha un luogo più importante della scuola come terreno di sfida educativa ma anche come occasione per l'inclusione sociale. Mi ha sempre fatto riflettere la constatazione che la rivolta delle *banlieues* che ha segnato parte del primo decennio di questo secolo in Francia sia nata non dalla prima generazione di immigrati, ma dalla seconda e in alcuni casi anche dalla terza: ragazzi che evidentemente non avevano ricevuto l'opportunità di integrarsi davvero. E una ricerca tra quella generazione di ribelli mi ha fatto molto pensare. Alla domanda esplicita: «Chi detesti di più come categoria?», se il primo premio andava giocoforza alla categoria «i politici», immediatamente dopo venivano «gli insegnanti» visti come gli attori della mancata integrazione. Quindi considerati i nemici da combattere.

Anche nell'Italia di oggi occorre dedicare particolare attenzione a questa sfida. Agevolare processi di integrazione sarebbe stato più facile se i processi di edificazione e di urbanizzazione fossero stati più razionali. Inutile oggi piangere sul latte versato, mi rendo conto. Ma è fondamentale non ignorare mai, almeno per il domani, il valore che le scelte urbanistiche comportano nella qualità della vita di tutti i giorni: non si tratta solo di costruire tre villette in più o in meno, ma significa avere un'idea chiara dello sviluppo armonico di una comunità. Nella nostra città abbiamo studenti immigrati di seconda generazione che spaziano da un minimo del 10 per cento a punte di quasi il 45 per cento in un paio di zone di periferia e – paradosso fino a un certo punto – in due scuole del centro storico, svuotatosi delle famiglie fiorentine. Il futuro della nostra città si gioca molto più tra queste mura che non nell'austero salone dei Dugento, luogo della massima assemblea cittadina. Compito di un'amministrazione locale, in questo tempo, credo sia individuare con chiarezza le priorità e non sottrarsi a un impegno a tempo pieno sulle questioni scolastiche.

Vicino a Firenze, nelle scorse settimane, una brava insegnante è riuscita a capire il dramma di una bambina costretta all'infibulazione. E in una scuola media della provincia grazie all'aiuto dei compagni si è scoperto che un padre padrone mandava la figlia in classe con le cuffie per non ascoltare niente nell'ora – evidentemente considerata pericolosa – di educazione musicale.

Ma se è vero che ogni classe ha il suo bambino da difendere, custodire e valorizzare, è anche vero che esiste una questione più generale che riguarda i partiti politici.

E anche la sinistra deve credere di più nelle parole «qualità» e «merito». Siamo vittime di un gigantesco inganno per cui il dibattito sulla scuola è offuscato da stantii luoghi comuni. Parlo della mia parte, un po' perché mi devo preoccupare dei miei e un po' – sinceramente – perché dagli altri su questo tema non mi aspetto granché. Penso che se il Pd dedicasse ai temi della scuola almeno un decimo del tempo che dedica a parlare di se stesso sarebbe un partito più credibile. Invece parliamo molto di elezioni primarie e poco di scuole secondarie e quando lo facciamo siamo quasi sempre al rimorchio del sindacato di turno che si lamenta di questa o di quella riforma. Magari non a torto, intendiamoci. Ma è un film talmente noioso da non interessare più nessuno: arriva un ministro e promette la riforma della scuola. Quello dopo garantisce che riformerà la riforma. Ormai la «riformite» ha una pessima fama, sembra una brutta malattia, di quelle difficili da capire ma che non lascia scampo. Bisognerebbe abrogare per legge l'espressione: faremo la riforma della scuola. Non ditelo: raccontateci come volete farlo, concretamente.

Mi viene in mente un comizio di Walter Veltroni a Firenze nel 1996, agli albori dell'Ulivo. Ci andai appena fidanzato e ricordo l'entusiasmo della mia ragazza, oggi mia moglie, quando Veltroni disse «la prima cosa da fare per il nostro Paese sarà cambiare la scuola». Tornammo a casa con il cuore gonfio di emozione al pensiero che se avessimo vinto le elezioni le cose sarebbero migliorate. Allora vincemmo e andammo al governo. Ma i valori che immaginavamo cruciali per la scuola si esaurirono con la fine della campagna elettorale e di sinistra la riforma Berlinguer ebbe soprattutto il nome, o meglio il cognome. Perché a proposito di merito, di qualità, di valorizzazione dell'insegnamento si chiacchiera tanto ma si combina poco. Dovremmo avere il coraggio di dire che la visione della sinistra sull'istruzione va desindacalizzata. La scuola è importante per quello che i bambini imparano, non per il numero di persone che riusciamo a cacciarvi dentro, magari senza più controllarne l'attività dopo. L'educazione delle nuove generazioni non può essere condizionata al numero di assunzioni da fare, considerandole un ammortizzatore sociale. Bisognerebbe avere il coraggio di dire che la valutazione degli insegnanti non è un optional, che si può cambiare la retribuzione sulla base del merito, che si possono cacciare quei finti educatori che usano la scuola per sé e non per gli studenti. Bisognerebbe davvero crederci e non limitarsi a usare questo tema come bandierina nelle varie campagne elettorali o durante le tradizionali proteste che seguono la riforma della riforma della riforma.

## Università e cultura

«Senza istruzione corriamo il rischio di prendere sul serio le persone istruite.»

*Gilbert Keith Chesterton*

«Si chiama discussione di tesi, lo so, ma non si deve necessariamente litigare, cavolo!» mi rimbrottò un amico uscendo dalla mitica via Laura in attesa del giudizio della commissione. Risposi nel modo più banale e infantile possibile: «Ha iniziato lui». Ok, lo ammetto, non sono del tutto normale. Mi ero messo a criticare e a litigare con un professore tra i più noti della facoltà anche nel giorno della mia laurea. Del resto quel professore non aveva contestato la mia tesi, operazione che sarebbe stata legittima e ineccepibile. No, aveva espresso opinioni inaccettabili sul periodo storico cui stavo facendo riferimento, la Firenze di La Pira. Magari, leviamoci pure il magari, la mia tesi non l'aveva neanche letta. Il che, intendiamoci, forse era un bene per me e per il mio punteggio finale. In genere se uno non è considerato all'altezza di ricevere il massimo di voti, centodieci, le commissioni si attestano sul punteggio di centootto. Io sono invece tra i non moltissimi studenti italiani laureati con il voto più stupido che possa esistere, centonove, figlio evidentemente di quella piacevole litigata in sede di discussione di tesi. Ma non è certo questo il motivo per il quale non ho mai avuto un buon rapporto con l'università. Mi sono laureato quasi in corso, ma non ho mai avuto la possibilità di frequentare perché negli anni di giurisprudenza avevo necessità di lavorare. Mi tenni dunque lontano dalle aule, se non per gli esami e per qualche corso: persi delle occasioni, sicuramente, ma rafforzai anche la mia idea che tanta parte dei docenti e soprattutto dei loro collaboratori vivesse di piccolezze. Meno gli assistenti contano, questa è la prima regola che insegnano alle matricole, più sono cattivi contro gli studenti, sfogando nell'arroganza la debolezza della loro condizione. Sicuramente mi persi qualche professore entusiasmante, qualche ricercatore culturalmente intrigante e rimpiango di non aver avuto la possibilità di fare l'Erasmus. Ma le piccinerie che poi ho riscontrato nel mondo politico – dall'esigenza di visibilità alla vicinanza al capo – erano presenti in quantità industriali nelle aule universitarie. Tutto ciò non ha contribuito a creare in me un'immagine idilliaca dell'ateneo e dei suoi abitanti.

Ho imparato solo più tardi, da sindaco, ad apprezzare la straordinaria qualità di una parte dell'università fiorentina. Sotto questo profilo, siamo davvero lo specchio del Paese: alcune cattedre sono splendide, altri professori stanno sotto la media. Da presidente della Provincia, invece, continuai la mia lotta contro le baronie con altri mezzi. Combattei con tutte le mie forze per evitare di distaccare sedi dell'università in giro per il territorio, litigando con i sindaci per i quali la presenza di una cattedra costituiva ovviamente un motivo di orgoglio. Ma fare i corsi di moda a Castelpulci o zootecnologia applicata nella sperduta Luco di Mugello non corrispondeva alle esigenze degli studenti: serviva a far pagare agli enti locali qualche cattedra universitaria in più, per rafforzare il potere e il prestigio di qualche baronia. Effetto collaterale: il sindaco di provincia poteva andare in campagna elettorale a dire di aver ottenuto l'avvento dell'università sul territorio. Ma portare l'università a zigzagare qua e là significa strappare gli studenti dalla logica del campus, dalla possibilità di stare insieme, di vivere in un ambiente degno di questo nome. Sono felice che la fase dell'ubriacatura da territorio volga al termine. E che si possa affrontare il vero problema: in Italia sono cresciuti in modo inaccettabile i corsi, le università, le cattedre, le facoltà. Ma gli studenti non crescono con la stessa intensità, anzi. Bisognerebbe avere il coraggio di affermare che se vogliamo un sistema universitario degno di questo nome le attuali settanta università italiane andrebbero dimezzate, d'imperio. Avete letto bene, sì: dimezzare di botto le università italiane, con il loro patrimonio di burocrazia e la punta di ipocrisia. Non è che un Paese è più civile se tutti hanno l'università sotto casa. Ormai siamo alle facoltà di vicinato, come nel commercio. Solo che parliamo di un ateneo, non di un supermercato: serve per crescere, non per comprare ciò che ci manca. Bisognerebbe abolire da subito il valore legale del titolo di studio, eliminando quelle sacche di ambiguità in cui si inseriscono alcuni istituti universitari, facoltà *on line*, laureifici che puntano sulla comprensibile ambizione personale per offrire scorciatoie forse giuridicamente ineccepibili ma moralmente indecenti. Non sono politicamente corretto, lo so, ma non sopporto le università farlocche che fanno business sfruttando i sogni della gente per fargli ottenere un titolo di laurea che nel mondo di oggi ormai serve il giusto. È la caccia forsennata al famoso pezzo di carta, utile più o meno agli usi cui faceva riferimento il gigantesco Totò in uno sketch di mezzo secolo fa.

Penso che i docenti universitari siano difficilmente catalogabili in un'unica categoria. Potessimo stilare una classifica delle migliori donne e uomini del Paese troveremmo nella top ten diversi professori. Ma in quella delle donne e uomini più dannosi per il nostro futuro troveremmo altrettanti e diversi professori universitari. Non si può fare dunque una generalizzazione bieca e superficiale. Ma la lobby dei docenti condiziona spesso molte nostre scelte. Forse sto parlando in politichese. Cerco di recuperare con esempi concreti. Penso alla riforma Gelmini, per esempio. Da uomo di centrosinistra avrei attaccato la riforma non perché puntava a cambiare l'università, ma perché non lo faceva a sufficienza. Avrei giocato all'attacco, incalzando il ministro e contestandole le parti in cui le è mancato il coraggio, non sarei restato sulla difensiva, invocando nei fatti il mantenimento dello *status quo*. Torniamo a un punto già affrontato a proposito della scuola: come è possibile assicurarci il domani se non riusciamo oggi a garantire il merito, la qualità, la formazione permanente? Nel nostro Paese se un tizio entra in cattedra come docente di fisica può smettere di studiare e insegnare per trent'anni una materia che produce novità continuamente. Il problema non è l'età in cui i docenti vanno in pensione, ma la qualità della loro proposta educativa. E allora diciamo con chiarezza che finché sapremo in partenza chi viene messo in cattedra prima ancora che i concorsi si bandiscano è insostenibile il deficit di credibilità e autorevolezza, per non inflazionare l'espressione moralità.

Provo come tutti una naturale simpatia verso i ricercatori precari. Nella stragrande maggioranza dei casi si tratta di persone preparate, competenti, appassionate. La mancanza di certezze economiche e di stabilità impedisce loro di realizzare un progetto di vita: siamo diventati la generazione del per ora, mentre quelli di prima erano la generazione del per sempre. Credo che si debba offrire loro una possibilità in nome del merito, per cui abbiano l'opportunità di giocarsi fino in fondo la chance del proprio talento. E poi siano messi costantemente in discussione.

«Gli esami non finiscono mai» non è una frase che va bene solo per il teatro napoletano, ma è in tutto il mondo una condizione di vita per chi fa il professore universitario. I precari di oggi non devono diventare i baroni di domani. Casomai il contrario. Mi piacerebbe cioè che i baroni di oggi fossero precari domani, costretti ogni anno a rigiocarsi la propria autorevolezza, la propria credibilità, la propria forza morale. Se sei bravo, ti confermano. Se vivi di rendita, vai a casa. E il criterio per essere bravo non può essere che sei il figlio di, il cognato di, la cugina di, l'amante di...

Quando venni eletto mio fratello Samuele, più piccolo di me di quasi dieci anni, mi comunicò che avrebbe lasciato Firenze. Laureato in corso in medicina con lode, doppia esperienza all'estero in Germania e Francia, specializzando in oncologia pediatrica.

«Ma perché te ne vai da Firenze, scusa?»

«Vado qualche anno all'estero, dove non ti conosce nessuno, perché non sopporterei di essere giudicato non per quello che valgo come medico ma come fratello del sindaco.»

Tanto di cappello, fratellino! Complimenti per la dignità e per lo stile, che forse io non avrei avuto. Leviamo pure il forse. Ma la tua partenza è una sconfitta per la politica. Perché in realtà esiste (esisterebbe) il modo di superare il diffuso ricorso al nepotismo, al cognatismo, al cuginismo, il cui ritorno di fiamma in questi anni è impressionante non solo nelle università. Si tratta di individuare criteri oggettivi che tengano insieme le pubblicazioni, l'innovazione, la capacità di fare *fund raising*, l'interesse che susciti negli studenti. Il modello americano, dunque. Contestabile quanto vi pare, per carità, ma è il modello che produce le migliori università del mondo. Quelle che ci rubano i cervelli in fuga, per intendersi. Questa dovrebbe essere l'università per la quale combattere. Che predica l'uguaglianza, certo, ma che oltre a predicarla prova a praticarla. Mi spiego meglio. Uguaglianza non significa cancellare il merito. Uguaglianza significa dare a tutti le stesse opportunità sulla linea di partenza. Ma poi ognuno se le deve giocare. Considero un tradimento dell'uguaglianza una certa cultura che nel corso del dopoguerra ha voluto cancellare l'eccellenza, la qualità e il merito in nome dell'egualitarismo sciocco e miope. Non c'è tradimento più grande di chi basa il fondamento ideologico di questa mediocrità così triste sull'articolo 3 della Costituzione e in particolar modo sul riferimento all'eguaglianza sostanziale contenuto nel secondo comma. L'uguaglianza sostanziale immaginata dai padri costituenti, infatti, giustifica l'esatto contrario: tutti abbiano le stesse opportunità in partenza, ma poi che vinca il migliore.

Questo significa che i ricercatori sbagliano a lamentarsi? Tutt'altro. Forse si lamentano poco. Personalmente credo che sia da apprezzare anche chi sceglie forme pacifiche per attirare l'attenzione: chi sale su un tetto sceglie una protesta eclatante che non ha conseguenze dirette sulla vita dei cittadini, come invece quella di chi occupa i binari delle stazioni o sfascia le vetrine del centro. O più semplicemente blocca il traffico e svuota i cassonetti in strada.

Meno apprezzabile è quando la salita al tetto diventa lo

sport preferito da politici e vip in cerca della visibilità perduta. Fare arrampicate e più in generale fare sport è sempre una cosa utile, intendiamoci: ci si mantiene in forma e di questi tempi non è un male. Sport interessante ma spot vuoto: chi fa politica ha il dovere di presentare progetti di legge, non di cimentarsi nelle arrampicate. I ragazzi che salgono sui tetti e reclamano attenzione compiono un gesto che si può condividere nel merito o no, ma che richiama la politica al proprio mestiere, al proprio dovere, al proprio valore. I politici che salgono sui tetti non si rendono conto di gridare la loro vanità, la loro vacuità, la loro inutilità. Se sei un politico stai nel palazzo, non sali sul tetto. E nel palazzo, se sei credibile, cambi le cose, non fai testimonianza. Spesso il primo a salire sul tetto è l'ultimo a scendere nel merito dei problemi. Convinsi con le buone un assessore regionale a scendere dal tetto dell'istituto Albergo Popolare di Firenze. Voleva protestare contro i tagli del governo al sociale e aveva deciso di passare diverse nottate in piccionaia coperto dalle bandiere del proprio partito. No, ragazzi, non scherziamo. Un luogo come l'Albergo Popolare, nato per venire incontro alle persone in difficoltà, non può diventare vetrina alle pagliacciate di partiti in cerca di visibilità. Il posto delle istituzioni è il palazzo.

Ma scalate sui tetti a parte, dobbiamo avere la forza di dirci che salveremo l'università solo puntando sulla qualità, non inseguendo la quantità. E lo stesso discorso vale per la cultura, a cui spesso sui mass media è accomunata solo per il fatto di essere oggetto di tagli dal governo centrale. Sono due mondi intimamente connessi, invece. Due mondi dove si gioca una parte della sfida del sistema Paese.

Firenze è stata un ring dell'innovazione, una palestra di

qualità, un guscio per la libertà artistica e per la sperimentazione. Una terra in cui la tradizione più bella era la novità. Basta affacciarsi oggi dalle finestre della stanza di Clemente VII per capire che i tempi sono cambiati davvero e i problemi da affrontare sono incredibili. Se apri le finestre, infatti, hai davanti a te due terribili gru, che sono lì da anni, e che non rappresentano, come qualcuno potrebbe immaginare, particolari installazioni di arte contemporanea, ma sono il segno dei lavori – o presunti tali – necessari a completare i Grandi Uffizi. Avevo sette anni la prima volta che la maestra ci accompagnò agli Uffizi. E ricordo perfettamente la guida dirci: «Tra pochi anni avremo tante nuove sale per ospitare i capolavori che sono ancora nei depositi».

Con il materiale che sta nei depositi, in tutto il resto del mondo farebbero due musei di gran classe. Noi non riusciamo neanche a inaugurare dieci sale. Però abbiamo le gru che allietano lo skyline fiorentino. Vuoi mettere?

Non dico di sperimentare soluzioni innovative come il Louvre che prima gioca la carta della piramide e poi sigla accordi multimilionari con Abu Dhabi. Anche se, confesso, mi piacerebbe tanto. Ma perlomeno evitare di sprecare risorse, energie e possibilità, questo sì.

I beni culturali non sono il giochino – il balocco, come si dice a Firenze – per dotti professori cresciuti a pane e libri. Sono invece un tratto identitario della nostra storia, un pezzo fondamentale del mosaico della nostra vita e non appartengono alle élite o a chi si ritiene tale.

Credo che un simbolo di questa relazione particolare che lega una comunità ai propri punti di riferimento culturali sia il legame difficile e straordinario che esiste ancora oggi tra Dante e i fiorentini. Il divin poeta ha catalizzato l'attenzione di scrittori, professori, esperti di tutto il mondo. Non potrebbe essere diversamente considerata la cifra della sua opera. Ma Dante a Firenze sta sulla bocca degli artigiani che lo hanno imparato a memoria in bottega come retaggio di una tradizione. Sta negli striscioni allo stadio come nel derby a Empoli, città in cui Farinata degli Uberti si oppose «a viso aperto» a chi voleva radere al suolo Fiorenza dopo la sconfitta di Montaperti. Sta nelle scuole, ma anche nei centri anziani dove fioriscono a sorpresa poeti inimmaginabili. Un popolo che continua a farsi le domande che generazioni su generazioni, nei secoli, si sono poste davanti ai grandi temi della vita e della morte, dell'amore e della fede, della passione e dell'impegno. Perché la cultura è vincente quando scardina il monopolio degli specialisti e interroga la tua quotidianità, mettendoti in gioco, fino in fondo.

Per decenni la politica ha snobbato i beni culturali. Li ha relegati a tema da addetti ai lavori, commettendo un errore gravissimo. Oggi paga le conseguenze di questo atteggiamento miope. Si è formata infatti una classe di dirigenti tra sovrintendenze e affini che, sia pure con lodevoli eccezioni, non appare all'altezza di traghettare il sistema culturale italiano nell'era digitale e nella società della comunicazione. Spiace dirlo con questa nettezza, ma se è vero che la responsabilità della politica è evidente, non si può neanche far finta di nulla di fronte a un mondo che viaggia velocissimo mentre il sistema delle sovrintendenze è inchiodato a un modello centralista e burocratico di Stato che poteva andar bene, forse, nella seconda metà dell'Ottocento. Non di sola conservazione possiamo vivere. Abbiamo invece bisogno di valorizzare e rendere più affascinante la fruizione della bellezza. Bellezza che diventa tale solo se è assaporata, condivisa, commentata, vissuta.

È fondamentale sviluppare un diverso modo di concepire la fruizione culturale. Senza esagerare, per carità. Io ad esempio non posso essere citato come un modello. La prima volta in cui ho accompagnato i miei bambini più grandi in visita agli Uffizi ero più eccitato di loro. E alla quarta volta in cui annunciavo che finalmente stavamo per vedere Giotto, che nella prima sala c'era Giotto, che il quadro più importante era quello di Giotto, sono stato ghiacciato dal mio Francesco che uscendo dall'ascensore probabilmente già stanco della spiegazione entusiasta del babbo tirò fuori una frase di quelle da scrivere nei diari: «O babbo, ho capito, si vede Giotto. Ma non è ancora morto questo Giotto?».

Ma Giotto o non Giotto, esiste un dovere civico per le amministrazioni. A Palazzo Vecchio abbiamo deciso di riaprire le porte ai cittadini e di prolungare l'orario fino a mezzanotte così da costituire un'alternativa per chi non vuole passare la serata solo davanti alla tv o per quei turisti che magari durante il giorno non hanno trovato il tempo di visitare il quartier generale dei Medici. E una volta al mese apriamo gratuitamente i musei comunali ai cittadini di Firenze e della Provincia, perché possano rendersi conto che un pezzo fondamentale della propria cittadinanza sta nella capacità di vivere in modo nuovo il rapporto con i beni culturali.

Ma la grande sfida, per il nostro tempo e per il nostro territorio, è riuscire a fare il salto di qualità. Creare le condizioni per cui dal nuovo rapporto beni culturali-fruizione-identità si possa arrivare alla possibilità di creare impresa. Se è vero che a Firenze ci stiamo provando, con diverse iniziative e con il distretto tecnologico dei beni culturali, è altrettanto evidente che questa avventura non può riguardare una sola città: è una partita per l'intero Paese. Le nuove tecnologie, in particolar modo, aprono scenari suggestivi e intriganti per una diversa narrazione dell'opera culturale, del viaggio, della visita.

Una risposta a chi dice che «con la cultura non si mangia»? Forse. In realtà con la cultura Firenze ha sempre mangiato. Anche troppo. Quando vedo alcuni esercizi commerciali sfruttare il marchio della città e vivere di rendita, magari provando a rifilare robaccia di serie B al malcapitato turista, mi assale la tristezza. Ma il nutrimento vero, fondamentale, che la cultura offre è quello dell'anima. La possibilità di essere persone, di non viver come bruti, di farsi interrogare fino in fondo dalle grandi domande di senso anche attraverso l'ammirazione per un capolavoro o la lettura di un grande testo. Credo che non sia una forzatura e neanche una banalizzazione ideologica, provare oggi a valorizzare il mondo universitario e quello culturale come pilastri, civili e anche economici, su cui ricostruire il nostro Paese. Sarà bene, però, che la politica tolga a baronie e sovrintendenze la regia di questi settori, rendendosi conto che senza un'università degna di questo nome ci condanniamo al declino. E che senza la capacità di sfruttare il nostro patrimonio ci facciamo male da soli.

# Decidere

> «Saggio è chi pensa. L'arbitro non può essere saggio. Deve essere impulsivo. Deve decidere in tre decimi di secondo.»
>
> *Pierluigi Collina*

Mi scopro a pensare che il principale dramma della politica contemporanea non siano le cose che i politici fanno. Certo, se uno si ritrova la casa pagata a sua insaputa – come accaduto, pare, a un autorevole ministro qualche tempo fa – è naturale che cresca un moto di disgusto. Ma ancora più grave è ciò che i politici non fanno. Le decisioni che non prendono. Gli alibi che si costruiscono.

Il tema del fare, specie in un'amministrazione locale, è centrale. Ci sono chilometri di leggi inutili e centinaia di tranelli burocratici che ti spingono all'inerzia. La vera sfida è rispondere con i fatti. Il verbo fare non appartiene alla cultura politica di una parte, ma di tutti. In un'amministrazione pubblica il contrario di fare è rinviare o omettere, e in entrambi casi si perde.

Immagino di suscitare un sorriso ironico, ma confesso volentieri che per me è stata fondamentale l'esperienza come arbitro di calcio per quattro anni, giovanissimo, nelle categorie dilettantistiche.

Non solo perché quando ti ritrovi ad arbitrare a diciotto anni un derby di seconda categoria in Maremma, poi non hai paura ad affrontare le ire di qualsiasi comitato. Quando sei solo e devi in un attimo di secondo prendere una decisione, impari a farlo anche se vorresti indugiare. Perché se non fischi è comunque una decisione. Non è che puoi fermare il gioco e formare una commissione che rifletta attentamente se sia il caso di assegnare il calcio di rigore o discutere pacatamente ma anche serenamente se quello era o non era fuorigioco. Quando in politica vi propongono una commissione, preoccupatevi. Quando in politica vi dicono: «Facciamo un tavolo», allora è finita. Tempo perso su tempo perso. L'unica cosa concreta che può avvenire è una discussione collegiale e concertata sul tempo necessario a rinviare ciò che comunque dopo rinvieremo ancora: questa è la funzione storica delle commissioni. In campo invece non c'è commissione che tenga. Sei solo. Decidi. E ti assumi la responsabilità di ciò che hai deciso. Tendenzialmente sono tutti contro di te, pronti a farti pagare il primo errore. E le tribune vecchio stile dei campi sportivi di periferia sembrano pensate apposta per tirar fuori il peggio di chi vi si accomoda: offese, insulti, minacce. Tu, il tuo fischietto, il tuo carattere contro tutti. Difficile immaginare un antidoto maggiore al bambocciionismo, malattia (vera o presunta, difficile dirlo) dei ragazzi di oggi.

Provocatoriamente si potrebbe proporre di obbligare tutti i candidati a test caratteriali, prima di buttarli nell'agone dell'impegno civile. Ma più semplicemente dico che per me è stata fondamentale la gavetta arbitrale per imparare a crescere, anche in politica.

Non è solo un problema di carattere. Decidere in Italia è reso difficile da procedure burocratiche assurde, degne di un racconto kafkiano. Bisognerebbe entrare nella giungla di norme e regolamenti con il decespugliatore e con il diserbante.

Se c'è una cosa ad esempio che manda letteralmente fuori dai gangheri il cittadino medio è il fatto che i lavori pubblici durino troppo, costino tanto, siano poco controllati. Il ragionamento è semplice. Il cittadino medio magari non sa che in alcuni casi i ritardi nascono da leggi assurde e complicazioni burocratiche che potrebbero ispirare intere pagine del teatro dell'assurdo: documenti, scartoffie, tranelli che mettono a dura prova la forza di volontà dei più tenaci amministratori. Quando il soggetto pubblico che indice l'appalto ha finalmente chiuso la graduatoria e assegnato il lavoro, scatta una procedura spesso arzigogolata per ottenere il certificato Durc, il documento unico di regolarità contributiva: un'attestazione importante, ma in molti casi difficile da ottenere. Sembra un fumetto, *Caccia all'incredibile Durc*, ma è solo una storia di ordinaria burocrazia.

Il cittadino medio, tuttavia, non è tenuto a conoscere tutte le complessità del codice degli appalti: sa che le norme e la burocrazia si possono e si devono (o si dovrebbero) cambiare. E allora non accetta pretesti. Lui sa come funzionano le cose per lui. Deve rifare il bagno in casa? Se riesce ad avere l'autorizzazione del comune, o meglio ancora se può semplicemente partire con una dichiarazione di inizio attività, fissa un tempo d'accordo con chi fisicamente esegue i lavori: non si sgarra. Al massimo si potrà perdere qualche settimana. Ma non ci saranno mai ritardi enormi: ha bisogno di quel bagno, non vuole estranei in casa, deve correre.

Quando ci sono di mezzo i denari pubblici, incomprensibilmente i tempi si dilatano. Come se il lavoro sulla strada o in quella piazza non mi riguardasse. Come se l'urgenza non fosse così seria, tanto i soldi non sono miei, sono quelli di tutti. Ma i soldi di tutti sono anche i miei. Da presidente della Provincia di Firenze avevo la responsabilità della gestione di oltre mille chilometri di strade. Trenta di questi erano maledetti: erano i chilometri fiorentini della Firenze-Pisa-Livorno, una strada a grande comunicazione (una di quelle che una volta si chiamavano superstrade) che collega mezza Toscana. I test che avevamo fatto erano drammatici: le condizioni della strada, pensata male e costruita peggio, erano atroci. Ma un intervento in quell'arteria rischiava di paralizzare a lungo interi territori. Tra l'incudine e il martello dovevamo inventarci qualcosa.

Mi assunsi il rischio di predisporre un piano dei lavori a forte impatto. Ci sarebbero stati disagi, tanti. Ma garantii che nessun lotto avrebbe chiuso in ritardo. E che le sofferenze che i cittadini avrebbero subìto sarebbero state ripagate da lavori fatti in fretta, anche di notte, e naturalmente a regola d'arte. Furono diciotto mesi di gravi difficoltà su quella strada. E nei primi giorni i commenti che ricevetti sulla mia posta elettronica non erano – eufemisticamente parlando – molto incoraggianti. Complice l'attitudine dei toscani a un'eloquenza talvolta un po' volgare, fui bersaglio di insulti talmente variegati e divertenti da poterci realizzare un inserto speciale del «Vernacoliere». Peraltro la storica testata sarebbe stata quella più naturale per illustrare le affinità elettive tra fiorentini, pisani e livornesi. Appresi dalle email e dai messaggi sulle radio in cui andai ad annunciare i provvedimenti di chiusura commenti su mia madre e sulle mie sorelle che francamente non mi pare esse meritino. E quando, una volta ogni tanto, ci furono dei timidi incoraggiamenti mi venne il dubbio che fosse qualcuno della segreteria che, intenerito, temesse una sorta di depressione da insulto e inventasse di conseguenza qualche lettera di sostegno servendosi di nomi falsi.

Quando i cittadini iniziarono a vedere che si lavorava di notte e soprattutto che si rispettavano i tempi, il clima cambiò. E un'aperta ostilità si trasformò in un sorpreso appoggio.

Non basta, però, la buona volontà. Esiste un problema a monte, di natura legislativa e regolamentare. L'eccesso di cavilli e controcavilli fa sì che in Italia per ogni appalto lavorino più gli avvocati che i manovali. L'atto amministrativo con cui si assegna a un'azienda la vittoria della gara pubblica si chiama aggiudicazione provvisoria: non si fa in tempo a firmarla che già piovono le riserve, contestazioni tecniche che producono mille contenziosi e ritardi. Ora, non vorrei sembrare sbrigativo. Anche perché quando si parla di soldi pubblici è bene avere non solo la diligenza del buon padre di famiglia, come prescrive il codice civile, ma anche la saggezza del nonno e la pignoleria della suocera. Sono soldi pubblici, sia chiaro, e ben vengano tutti gli accorgimenti necessari a evitare che qualcuno faccia il furbo. Se vieni beccato a rubare i soldi di tutti dovrebbe esserci il massimo della durezza, l'esclusione da tutte le procedure pubbliche e anche quella sanzione accessoria della vergogna che invece dalle nostre parti pare essersi particolarmente affievolita. Ma questa è un'altra storia. Il punto è che per come sono disciplinati oggi i lavori pubblici molte regole producono confusione e spazi interpretativi che ingolfano i tribunali ma non garantiscono di per sé la correttezza degli appalti.

Se a questo aggiungiamo i tempi inaccettabili della giustizia italiana... A dispetto del lavoro puntiglioso di tanti operatori del settore, questo è infatti, secondo me, il vero elemento di difficoltà economica, culturale, sociale e persino di credibilità istituzionale del nostro Paese.

Per tanti anni abbiamo discusso molto di giustizia, ma spero di non essere considerato troppo arrogante quando dico che ne abbiamo discusso male. Le vicende che hanno riguardato alcuni politici – soprattutto l'attuale presidente del Consiglio, ma a onor del vero non solo lui – hanno fatto sì che la classe dirigente si azzuffasse per decenni su lodi, norme *ad personam*, singoli interventi, vibranti polemiche tra un ufficio e l'altro, senza che l'intera materia venisse realmente affrontata. Emblema assoluto di questo scarto tra bisogno del Paese e qualità del dibattito giudici-politici è la riflessione che si svolge intorno al processo breve. Il processo breve per una parte politica è diventato il modo di evitare che si concludano un paio di procedimenti in cui è coinvolto Berlusconi. E la sinistra dice di essere contro il «processo breve». Senza rendersi conto – ahimè – che molti italiani, che magari non conoscono nel dettaglio le acrobazie verbali dell'avvocato Ghedini e dei suoi collaboratori, quando sentono parlare di processo breve dicono: «Oh, finalmente». Perché quando vanno in un tribunale per testimoniare si sa a che ora si parte, ma non si sa quando si torna. Perché se devono riavere dei soldi dal vicino o dall'azienda concorrente più che il giudice di pace ci vuole un assetto di guerra che dura per anni, perché di breve nella giustizia italiana c'è poco o nulla. Perché quando vanno a fissare la prima udienza per una causa qualsiasi si sentono prendere l'appuntamento per due anni dopo. E noi a questi andiamo a dire che siamo contro il processo breve?

I processi dovrebbero essere tutti brevi. I magistrati dovrebbero essere responsabili in caso di colpa grave o dolo, come accade ai politici quando sono chiamati a rispondere davanti alla Corte dei Conti. Chi ingolfa i tribunali con liti temerarie dovrebbe essere punito, senza incertezze. E oggettivamente esistono tante Italie diverse nella gestione degli uffici della giustizia: uno sforzo di semplificazione e di razionalizzazione è alla nostra portata e non è necessario inventare nulla. Basterebbe copiare da quelli in cui le cose funzionano bene. Ma anche intervenire con molta durezza in quella parte di Paese dove atteggiamenti borbonici danneggiano la credibilità di tutte le istituzioni della giustizia.

La nostra è una contraddizione profonda. Abbiamo un debito enorme di gratitudine verso decine di magistrati e centinaia di carabinieri e poliziotti che hanno pagato con la vita il loro amore per il Paese e per la giustizia. Non so se possono avere un senso le classifiche dei martiri civili: ma se pensiamo agli ultimi cinquant'anni di vita repubblicana possiamo scorrere un triste rosario di volti e di storie cancellate all'affetto delle proprie famiglie dalle mafie, dal terrorismo, dal brigatismo, dallo stragismo. Per chi come me è cresciuto nella Firenze dove Antonino Caponnetto spese gli ultimi anni della sua vita nel ricordo dei suoi ragazzi – primi tra tutti Falcone e Borsellino – e nell'educazione delle nuove generazioni, ogni riflessione sulla giustizia deve partire da un pensiero di gratitudine verso tanti giganti della quotidianità che in molti casi hanno perso la vita per la comunità.

Ma se anche grazie al sacrificio di queste donne e questi uomini siamo ancora un Paese libero e democratico, dobbiamo avere il coraggio di dirci che il sistema dei tribunali non funziona come dovrebbe. Ci sono centinaia di magistrati che svolgono il proprio incarico con una correttezza che solo un profondo senso della giustizia può spiegare. A loro dovremmo offrire strumenti più efficaci per lavorare bene, con tempi certi. Ma sulla scrivania ho una raccolta di ritagli di giornale: piccole e grandi notizie di queste ultime settimane e mesi. Le scorro e mi rendo conto che siamo un Paese di Tar e avatar. Per molti atti amministrativi ci sono due persone che fanno ricorso e tre giudici che emettono sentenze discordanti tra loro. Bisognerebbe avere il coraggio di dire che la giustizia amministrativa va strutturalmente ripensata e che anche le pubbliche amministrazioni potrebbero essere sempre più giudicate con i criteri della giustizia civile. Siamo un Paese dove troppi ricorsi in tribunale finiscono con il favorire i falsi invalidi o meglio i parenti cinici che usano i permessi dei veri invalidi. Sarà un tema piccolo e banale, ma quando parli con chi è costretto su una sedia a rotelle ti monta la rabbia e l'indignazione. Un Paese dove si tengono talvolta in galera persone in attesa di giudizio o appena indagate. Salvo poi rilasciarle con tante scuse. L'abuso della carcerazione preventiva costituisce uno dei problemi irrisolti del nostro sistema giudiziario. E rende ancora più grave il problema delle carceri, che interpella tutti gli uomini di buona volontà e in particolar modo gli amministratori locali, che sono a conoscenza dell'inciviltà di certe situazioni ma che possono fare ben poco per risolverle. La rabbia esplode quando non si assicura alle patrie galere, invece, chi i reati li commette davvero: vorrei che poteste toccare con mano la frustrazione delle forze dell'ordine (donne e uomini sottopagati che svolgono il proprio lavoro con dedizione e professionalità) quando beccano qualcuno in una rapina, lo arrestano, lo fanno processare per direttissima, ne ottengono la condanna a qualche mese e lo ritrovano di pomeriggio nel supermercato sotto casa a compiere un altro taccheggio. Storie vere, non barzellette.

Ma la cosa che più mi fa male, da sindaco prima ancora che da cittadino, è che la nostra giustizia civile è tipica di un Paese incivile. Quando parli con un'azienda straniera cercando di convincerla a investire nella tua città ti rendi conto che sono entusiasti di investire a Firenze. Che sono attirati dalla bellezza ma anche dallo stile di vita. Che sono pronti a sopportare la nostra burocrazia e magari a supportare la nostra università in una partnership che consentirebbe all'azienda ma anche alla facoltà di crescere e preparare giovani all'altezza del compito. Che hanno convinto tutti i loro capi e che ormai è fatta. Ma...

Nelle storie che funzionano troppo bene c'è sempre un «ma» che ti frega. E il nostro ma riguarda proprio la preoccupazione sui tempi della giustizia, sulla certezza del come, quando e dove un tribunale potrà darti ragione. E allora ti rendi conto che i tempi della giustizia civile sono il principale ostacolo, quello insormontabile, all'investimento straniero. E ti verrebbe voglia di sbattere la testa contro il muro e andare a Roma a dire: «Ok, fatevi tutti i lodi che volete, fatevi tutte le polemiche che volete, fate i convegni più belli del mondo. Ma dateci gli strumenti perché non è più solo una questione di credibilità delle istituzioni, ma anche di posti di lavoro!».

Non che la credibilità delle istituzioni non sia importante, intendiamoci. Durante la partita per un arbitro è sempre una ghiotta occasione quando un giocatore commette un fallo così evidente e clamoroso da meritarsi un cartellino giallo di ammonizione. Sono circostanze in cui nessuno ti può dire nulla, non c'è dubbio interpretativo: hai fatto la cosa giusta e tutti, anche in tribuna, sono costretti a riconoscerlo. Si tratta di piccole occasioni che fanno svoltare una partita perché acquisti autorevolezza in campo e credibilità fuori. Mi domando spesso: esiste nella politica qualche occasione concreta, visibile e ineccepibile su cui la classe dirigente potrebbe recuperare autorevolezza e credibilità?

Ce ne sono a bizzeffe, naturalmente. Quella che davvero mi colpisce per quanto è grottesca riguarda il destino delle caserme abbandonate. Diciamola semplice: ci sono meno militari nelle città. Tante caserme sono complessi immobiliari enormi, situati spesso in zone strategiche. Specie per le città come Firenze che non vogliono più costruire ex novo ma preferiscono recuperare, questi immobili acquisiscono una rilevanza cruciale. È mai possibile che la Difesa o il Demanio tengano queste strutture vuote, ferme, a rischio occupazione, con costi di sorveglianza mica banali senza dare ai comuni la possibilità di riutilizzarle? Nella mia città ci sono una decina di strutture di questo genere: se ce le affidassero domattina, saremmo nelle condizioni di effettuare una rivoluzione edilizia e urbanistica senza precedenti. Del resto Firenze è la città che ha preso il vecchio carcere del centro storico – Le Murate – e ne ha fatto un luogo di residenza popolare e di cultura contemporanea. Quella che ieri era una prigione oggi è uno spazio di libertà. Con una sola delle caserme dismesse, solo una, i Lupi di Toscana, la città di Firenze potrebbe dimezzare le liste d'attesa delle case popolari, aprire due nuovi asili nido e un centro anziani. Un accordo tra Comune e ministero si può fare in una settimana e i cittadini vedrebbero finalmente un contenitore vuoto riprendere vita. Secondo una stima approssimativa dell'Anci, l'Associazione Nazionale dei Comuni Italiani, affrontando la questione delle caserme abbandonate si potrebbero realizzare circa dodicimila appartamenti in tutta Italia e un centinaio di asili nido e di centri di aggregazione per anziani.

In attesa di non si sa bene quale burocrate, quale permesso, quale timbro, quale cavillo, noi stiamo aspettando. E i cittadini hanno qualche occasione in più per mettere in discussione la nostra autorevolezza, la nostra credibilità, proprio come fanno i tifosi quando un rigore netto viene negato o non viene fischiato un plateale fallo di mani.

# Quattro tabù

> «Avete un immenso mondo nuovo davanti, totalmente aperto davanti a voi, che terrorizza solo chi lo guarda con occhi vecchi, al riparo dei suoi privilegi.»
>
> *Edoardo Nesi*

«A un operaio bravo, uno che conosce il mestiere, puoi dare anche duemilacinquecento euro netti al mese per cucire in un certo modo. Ma se quello la sera in discoteca non imbrocca perché il lavoro manuale non fa fico, io non trovo nessuno che abbia voglia di provare a imparare.» La sintesi è quasi brutale, opera di uno degli imprenditori della moda di alta qualità che cresce a doppia cifra. Lo ospito a Palazzo Vecchio insieme a suoi colleghi del settore, gente interessante, in una chiacchierata nata per capire dove stia realmente andando l'economia, non solo fiorentina. E per ascoltare persone che vivono in prima linea il difficile momento che stiamo attraversando. Mi sorprende questo riferimento all'immagine e all'apparenza, più che alla sostanza del lavoro. Ma del resto non posso dimenticare come la Silicon Valley sia diventata la capitale dell'innovazione. Grazie alla presenza delle migliori università, certo. Grazie a una cittadinanza dinamica e aperta, chiaro. Ma anche grazie al fatto, meno banale di quanto possa apparire, che i migliori cervelli venivano attratti in loco anche dalla possibilità di vivere la spiaggia californiana nelle pause dallo studio o dal lavoro. Detto in modo semplice: un'impresa funziona meglio se il posto in cui opera è intrigante e suggestivo.

Non voglio dire che l'opportunità di fare surf sia più importante del piano industriale di un'azienda, ma è innegabile l'importanza dell'*appeal* che un luogo riveste per chi vi deve lavorare. Che si mangi o no con la cultura, è necessario che il territorio sia capace di arricchire con il suo fascino l'impresa e il mondo del lavoro. È quello che penso tutte le volte che incrocio una bottega artigiana in Firenze e ne ammiro la tradizione e la vivacità. Ma gli artigiani stessi, quelli che ancora ci credono, sono i primi a sapere che se non riusciremo a ridare dignità e fascino al lavoro manuale i ragazzi rifiuteranno sempre di continuare una delle tradizioni più belle della città.

Mi domando spesso – al di là di Firenze, oltre Firenze – che cosa le istituzioni debbano mettere in atto per venire incontro alle esigenze dell'economia di oggi. In un mondo che corre a una velocità stratosferica mi chiedo quali siano davvero i compiti della politica. Perché in fin dei conti ridare valore alla politica nel rapporto con le aziende e con i mercati, nell'epoca attuale, è un atto etico. Oltre che una priorità. Oggi due agenzie di rating possono decidere da sole se dichiarare o meno la fine di un Paese. Le stesse agenzie di rating che peraltro hanno molto da farsi perdonare per la crisi finanziaria degli ultimi anni: sono loro che invitavano a scommettere su banche, magari tecnicamente già fallite. L'immagine dei ragazzi di Lehman Brothers ha già lasciato il terreno della cronaca per passare a quello della storia: è un modello sociale, culturale e civile che salta e che costringe migliaia di persone a infilare in scatoloni neanche troppo pesanti una vita che deve ripartire da capo. Sarebbe interessante approfondire questi macro temi o la situazione delle banche aiutate dai governi centrali, anche oltre Oceano, perché considerate troppo grandi per fallire e capaci, l'anno dopo, di registrare utili strepitosi, con tanto di superbonus distribuiti a destra e manca. Sarebbe interessante approfondire. Chissà perché i giornali quando ne parlano ci dedicano un trafiletto scarno, mentre alle ultime dichiarazioni di un qualsiasi parlamentare sulla crisi del centrodestra o sul leader della sinistra si dedicano paginate.

Si parla tanto di crisi. In realtà – sostengono alcuni analisti – non c'è nessuna crisi. È molto peggio di una crisi. Le cose si stanno solo rimettendo a posto. Tre secoli fa Cina e India, insieme, possedevano circa il 45 per cento della ricchezza mondiale. Nel 1970 insieme stavano sotto il 10 per cento. La rivoluzione culturale chiudeva le università a Pechino. Toccavano il punto massimo del loro declino. È passato appena qualche lustro e i cinesi che si laureano in ingegneria ogni anno equivalgono al numero complessivo degli ingegneri italiani. Nelle classifiche dei giornali, per quello che valgono, ci sono ottocento persone che possono definirsi miliardarie in dollari in Cina e cinquecento negli Stati Uniti. In quattro anni il governo di Ningbo, vicino a Shangai, ha costruito il ponte più lungo del mondo, trentasei chilometri. In quattro anni un'amministrazione locale italiana può al massimo elaborare il progetto preliminare e definitivo di un'opera pubblica meno complicata e lunga la metà, ma sicuramente non l'esecutivo, anche perché in conferenza dei servizi ci saranno sicuramente una decina di prescrizioni che renderanno l'opera infattibile. Le proiezioni da qui al 2030 di Credit Suisse dicono che Cina e India raggiungeranno insieme il 30 per cento della ricchezza mondiale. Gli Stati Uniti scenderanno al 18 per cento, l'Europa addirittura dimezzerà in modo secco, dal 31 per cento del 2007 al 15. Che significa questo lungo elenco di numeri? Che i banchieri svizzeri, ma non solo loro, credono che la riorganizzazione dei mercati in corso non sia una parentesi nera tra periodi di crescita ma un processo di riposizionamento strutturale che porterà a ridefinire globalmente le regole del gioco. Si tratta, semplificando al massimo, del girone di ritorno del colonialismo. Dopo che per decenni abbiamo sfruttato la loro debolezza, oggi le ex colonie si stanno riprendendo il posto che spetta loro. Inutile dire che l'Italia non è considerata in questo scacchiere, se non come stato unito d'Europa. E stupisce la scarsa considerazione della nostra classe politica verso questa ovvietà.

Se questo è – in modo semplice e forse semplicistico – lo scenario dentro il quale giochiamo, inutile rincorrere le polemicucce italiane tra sigle sindacali e minuscoli movimenti politici. Iniziamo dal ribadire con forza che l'intuizione dell'Europa, da De Gasperi e Spinelli fino a Prodi e Ciampi, ha salvato il nostro Paese. E che oggi abbiamo bisogno di investire di più, politicamente, nella sfida europea. Non significa soltanto lavorare per il salvataggio della Grecia ieri, dell'Irlanda oggi, del Portogallo domani e soprattutto della Spagna dopodomani. No. Significa fare i conti con una realtà del tutto diversa da quella che abbiamo conosciuto nel primo mezzo secolo di vita repubblicana, quella in cui andare in Europa sembrava la punizione, una sorta di esilio politico per chi commetteva qualche marachella nel Belpaese. Non possiamo inoltre continuare a indebitare i nostri figli, a vivere di finanza allegra, a pensare che le istituzioni europee siano realtà lontane, da visitare ogni tanto. Al contrario va rafforzata la nostra presenza a tutti i livelli continentali. Vi risparmio la consueta tiritera sul debito pubblico e sulla sua composizione in un Paese in cui le generazioni che ci hanno preceduto hanno pensato bene di caricare le proprie spese sui figli e sui nipoti. Fatico a trovare un atteggiamento altrettanto poco responsabile di chi mangia a ufo e poi lascia da pagare, tanto prima o poi verrà qualcuno che dovrà rimediare ai suoi danni. Certo, qualcun altro fa rilevare che se in Italia il debito pubblico è pari al 118 per cento del Pil è anche vero che il Giappone ha un debito pubblico che sfiora il doppio. Magra consolazione. Come se mal comune fosse mezzo gaudio e non un problema in più. Ma non voglio proseguire oltre. Risparmiamoci il pistolotto etico sul patto tra generazioni e la responsabilità verso il futuro.

Torno invece alla domanda da cui siamo partiti: come può oggi la politica rispondere alle sfide dell'economia? Metto da parte le ricette, quelle le lascio agli economisti di professione. Del resto non ci vuole un Nobel per capire che il sistema degli ammortizzatori sociali italiani va cambiato: la cassa integrazione per come la conosciamo noi è un'anomalia e, superata la contingenza, credo sia ineludibile il problema di come costruire una rete di protezioni diverse da quella che ha caratterizzato l'Italia per quasi tutto il dopoguerra. Non bisogna aver studiato alla Bocconi per sapere che l'allungamento dell'età media è un bene. «Invecchiare non è granché» diceva Woody Allen «ma è sempre meglio dell'alternativa.» Il fatto che oggi si viva più a lungo e si stia meglio che in passato è cosa di cui gioire, anche se pone al governo centrale – e pure alle amministrazioni locali – nuovi problemi e nuove sfide sul terreno dell'assistenza sociosanitaria. In ogni caso, se non mettiamo mano a una riforma seria delle pensioni il giochino salta.

Facendo zapping troverai sempre qualche dirigente sindacale che grida nel talk-show di turno: «Non toccate le pensioni!». Mi verrebbe da rispondergli: «La mia generazione non le toccherà di sicuro. Non le sfiorerà nemmeno, se non ci decidiamo a cambiare i parametri». Non abbiamo più lavoratori precari degli altri Paesi europei. Siamo nella media dell'Eurozona, più o meno alla pari con il colosso tedesco e con i francesi. Abbiamo però il record di quelli che l'Organizzazione per la cooperazione e lo sviluppo economico chiama «lavoratori scoraggiati», vale a dire disoccupati di lunga durata che rinunciano alla ricerca di un'occupazione. È un dato impressionante: i lavoratori scoraggiati nella media dell'Europa a quindici stanno ampiamente sotto l'un per cento ma in Italia sono quattro volte di più, segno di una sfiducia nel sistema Paese. Questo è il dato più drammatico. È un problema che va combattuto anche con un investimento comunicativo sulla visione dell'Italia che vogliamo immaginare. Oltre che con una profonda riorganizzazione del sistema degli ammortizzatori sociali.

Dunque, dobbiamo investire sul nostro domani. Sull'Italia che vogliamo con idee piccole ma concrete. Senza un'infrastruttura Paese degna di questo nome, ogni sforzo di iniziativa economica sarà frustrato e frustrante. L'infrastruttura necessaria è quella fisica – che coinvolge strade, ferrovie, aeroporti, piattaforme logistiche – ma è anche e soprattutto quella virtuale, a partire dalla banda larga. Ma possiamo allargare lo sguardo. Se la giustizia civile non dà tempi certi, le aziende straniere non investono. Se l'università si preoccupa dei baroni e non della possibilità di creare impresa, la qualità della nostra economia peggiora. Se le città non sono vivibili e i servizi culturali non sono all'altezza, l'appeal di un territorio perde punti e i migliori cervelli scelgono di vivere (e dunque di lavorare) altrove. Se la burocrazia diventa un labirinto la vita quotidiana si fa più difficile. Se volete è il festival delle frasi fatte: ma quando diventerà il festival delle cose fatte saremo un Paese più dinamico e attrattivo.

Un sindaco però non deve solo leggere gli scenari macroeconomici preparati dagli studiosi o dagli istituti di credito, come quelli da cui ho tratto alcuni dei dati appena citati. No. Deve cercare di creare le condizioni perché il suo territorio sia appetibile. Partendo dai servizi più che dai trend economici. Io penso ad esempio che Firenze dovrebbe azzerare le liste d'attesa degli asili nido se vuole offrire un'opportunità vera alle donne per non essere costrette a scegliere tra maternità e carriera. Lo so, l'asilo nido è innanzitutto un'offerta pedagogica al figlio, un'opportunità di relazione per il bimbo: stiamo parlando di istituzioni educative, non di babysitteraggio pubblico. Però sono fiero di aver inaugurato il primo asilo nido aziendale realizzato a Firenze, nella mia veste di presidente della Provincia, e sono fiero di averlo fatto nonostante gli insulti di chi ci accusava di privatizzare l'educazione. Gli asili nido aziendali, oggi, dovrebbero essere una priorità assoluta, non un feticcio ideologico contro cui scagliarsi, come purtroppo è avvenuto anche nella mia città. E non vedo l'ora di inaugurarne altri, a partire da quello del Nuovo Pignone, l'azienda più grande della città, oggi posseduta dagli americani di General Electric Oil and Gas. Un colosso globale, dunque. Quando meno di vent'anni fa gli americani acquistarono questa azienda, spinti dall'intuizione di un italiano lungimirante come Paolo Fresco, forse neanche loro pensavano che avrebbe potuto divenire uno dei loro fiori all'occhiello. Eppure oggi l'azienda, che ha sede a Firenze, è una delle realtà con i numeri migliori di tutto il gruppo mondiale GE. Il sindaco non può che essere entusiasta del buon clima nelle relazioni sindacali, dei rapporti con l'università di Firenze, della presenza in città. Ma, scusate la fissazione, non vedo l'ora di tagliare il nastro del nuovo asilo nido aziendale che accoglierà cento bambini tra figli di dipendenti e residenti del quartiere. Perché la civiltà di una comunità si vede anche dall'attenzione che riserva ai figli, ai babbi ma soprattutto alla possibilità per le mamme di non vedere la maternità come la fine della propria carriera ma come un momento di rara bellezza.

Certo, fare il sindaco ti pone in contatto con la marginalità, l'esclusione, i servizi sociali. Scopri che quando si parla di nuove povertà si tocca il nodo vero. La riorganizzazione di un sistema civile di welfare non può essere consegnata solo alla buona volontà delle associazioni, di un tessuto di volontariato che specie nella mia terra è più forte che mai. Mi colpisce non poco il tema delle povertà alimentari, in un Paese che inizia a dare – finalmente! – il giusto peso alla questione del cibo, il grande tema politico del Ventunesimo secolo di un mondo che, come ci spiega Carlin Petrini, potrebbe dare da mangiare a dodici miliardi di persone e invece ne lascia morire di fame centinaia di milioni. Per anni abbiamo giocato di rimessa: gli americani ci hanno copiato l'idea del bar con Starbucks e in tre quarti del mondo si pensa che la pizza sia il nome di un colosso dell'alimentazione che ha sede in Delaware o giù di lì. Oggi, invece, alcuni dei nostri imprenditori si scoprono capaci di riscuotere un successo strepitoso, com'è accaduto di recente a Oscar Farinetti, il fondatore di Eataly. Da responsabile di una comunità locale posso fare qualcosa, non solo i convegni inutili come quelli della Fao. Posso cercare, nel mio piccolo, di educare all'alimentazione e al consumo consapevole allargando lo sguardo sulle grandi ingiustizie e disuguaglianze della nostra società. Gli oltre ventimila pasti forniti dalle mense del Comune fanno di noi il più grande ristorante della Toscana. Posso concretamente dare una mano, dunque. Non solo chiacchierare di massimi sistemi. Tuttavia, al di là del mio ruolo di sindaco, i mutamenti economici mi appassionano soprattutto per la mia formazione di uomo di centrosinistra. Se vogliamo essere seri con noi stessi, dobbiamo riconoscere che ci sono dei tabù da infrangere. E se non lo facciamo adesso, non lo faremo più.

Non dimentichiamo che se c'è una parte dell'Italia che continua a guardarci con sospetto è anche perché in questo campo giochiamo di rimessa, siamo spesso impauriti, e di conseguenza poco convincenti. Dobbiamo sfatare questi tabù in nome dell'onestà intellettuale e dell'apertura al cambiamento, per non entrare nel futuro con il calesse. E lo dovremo fare noi visto che nell'altra parte, l'attuale maggioranza di centrodestra, l'unica cosa che sanno ripetere è che grazie all'impegno dell'esecutivo «non abbiamo fatto la fine della Grecia.» Perfetto. Ma mi sembra un po' riduttivo che il nostro unico sogno sia quello di evitare il rischio ellenico. Per carità, bene così, ma possiamo avere anche ambizioni più significative che fare meglio di Atene, in economia.

Primo tabù da combattere. La frase, spesso ripetuta e quasi sempre praticata, per cui «il sindacato ha sempre ragione.» Balla, balla spaziale. Il sindacato fa il suo mestiere, più o meno bene. Oggi le varie sigle hanno lo stesso problema di rappresentanza che viene contestato ai partiti o alle associazioni di categoria. Però hanno meccanismi di iscrizione e di rendicontazione del bilancio (finché reggono) che consentono loro di essere forti anche se sono poco rappresentativi. Abbiamo il dovere di liberarci dal riflesso condizionato per cui prima di dire la nostra sulle questioni economiche aspettiamo il comunicato delle rappresentanze dei lavoratori.

Sono stato molto criticato per aver preso posizione a favore di Marchionne in occasione del recente referendum Fiat a Mirafiori sul contratto siglato da tutti i sindacati con l'eccezione della Fiom-Cgil e dei Cobas. Non tocca alla politica schierarsi nei referendum ma quella vicenda andava oltre il singolo contratto. Si trattava di confermare un investimento di oltre un miliardo di euro su Mirafiori, investimento che altrimenti sarebbe stato effettuato fuori dal nostro Paese. Sul progetto di Marchionne oggi scommette il governo americano con l'alleanza Fiat-Chrysler. Barack Obama in persona ha voluto visitare lo stabilimento di Detroit insieme a Marchionne. E le condizioni di lotta all'assenteismo contenute in quell'accordo sono molto meno rigide della nuova normativa spagnola approvata da quel pericoloso reazionario di Zapatero nel dicembre 2010. In Italia invece chi si è schierato a favore di quell'investimento, a partire dal sindaco di Torino Chiamparino, preoccupato di perdere una gigantesca opportunità per la propria gente, è stato etichettato come traditore della sinistra. Confesso. Io non amo le auto Fiat. Come presidente della Provincia avevo una Cinquecento, ma la mia auto privata è una Volkswagen, mentre l'auto di servizio in Comune, quella che si chiama in gergo auto blu, è una Toyota ibrida. Penso che se il gruppo torinese azzeccasse qualche buona macchina in più sarebbe un bene per tutti. Vorrei che si scrivesse con più chiarezza la storia italiana di questi decenni in cui i vertici del gruppo di Torino hanno spesso privatizzato gli utili e pubblicizzato le perdite attraverso il ricorso sistematico alla cassa integrazione. Credo che le relazioni sindacali debbano cambiare e che lo sforzo in questo senso debba essere fatto da entrambe le parti: il modello che io immagino è quello tedesco che consente a quel Paese di essere leader in competitività e produttività. Mi piacerebbe che il gruppo Fiat dicesse qualcosa di più chiaro sul mercato asiatico e anche sul grado di convinzione dell'investimento nell'elettrico. Di Marchionne, infine, non mi piacciono neanche i golfini: considerazione priva di particolare valore economico, ma utile forse per dire che non soffro di particolari sindromi di Stoccolma o di culto della personalità.

Detto questo, in presenza di un progetto per il quale finalmente la Fiat scommette su Mirafiori, non riconoscere l'importanza dell'investimento significa farsi del male da soli. Mi scrivono alcuni amici sulla bacheca di Facebook: «Con la tua presa di posizione hai rottamato decenni di conquiste sindacali e tutti i diritti dei lavoratori». Prego? Eh? Ma di cosa stiamo chiacchierando, scusate? Io voglio parlare dei diritti dei lavoratori, sempre. Dei lavoratori garantiti dal sindacato e di quelli che stanno fuori dalle attenzioni delle nostre sigle, con gli iscritti che sono ormai in maggioranza pensionati (peraltro, nessuno riflette su questo dato sconvolgente). Vorrei parlare della durata della pausa pranzo e di chi la pausa pranzo neanche sa cos'è. Vorrei parlare dell'assenteismo e dei tanti che non si possono ammalare perché altrimenti perdono tutto. Di quelle donne che hanno firmato una lettera di dimissioni in bianco nell'eventualità che rimangano incinte, pratica disumana ancora diffusa in Italia. Di quelli che firmano la rinuncia alla tredicesima, anche se non si potrebbe, e di quelle aziende di cento o duecento dipendenti – ne conosco io stesso diverse – nelle quali il sindacato non riesce a entrare non perché non lo vuole il padrone, ma perché non lo vogliono gli operai. Penso ad alcune aziende in cui per mettersi d'accordo si prende il caffè alla macchinetta e poi si mantiene la parola data sempre, perché tutti, tutti insieme, si lavora nella stessa direzione. Sono sempre di più, anche nella rossa Toscana. Fossi un sindacalista ci farei un pensierino.

Quando il mio partito dice di voler essere il partito del lavoro dice una cosa bella e rassicurante. Bene, bravi, bis. Ma di quale lavoro stiamo parlando? Se al Nord gli operai votano Pdl come primo partito e noi ce la giochiamo sul filo dei sondaggi con la Lega per la medaglia d'argento, qualcosa vorrà pur dire. Il modello fordista dell'occupazione è sufficiente a capire la direzione verso la quale ci stiamo muovendo? E visto che vogliamo essere il partito del lavoro, perché non mettiamo mano – anche a livello locale – a una gigantesca riforma del sistema della formazione professionale? Difficile individuare in Italia un sistema che funzioni peggio di questo. Anche nei casi in cui tutte le norme sono rispettate e gli interventi sono leciti e legittimi è difficile sostenere che questo non sia il grande bubbone dei sistemi territoriali locali italiani. Le associazioni sindacali e di categoria fanno il bello e il cattivo tempo, ma spesso non ancorano i loro interventi a una reale efficacia dell'azione formativa. Detto fuori dal politichese: è forte la sensazione di sprecare soldi in iniziative formative che difficilmente funzionano davvero.

Pronto da subito a discutere dei diritti, e dei doveri, dei lavoratori. Ma con i numeri del mercato globale citati sopra la mia principale preoccupazione è evitare che, a forza di chiacchierare e non firmare accordi, cresca il numero dei disoccupati, non dei lavoratori. Io sono entrato nelle case delle famiglie dei cassintegrati e dei licenziati. Ho preso il caffè e parlato di prospettive in luoghi dove il tunnel sembra infinito. Ho visto gli sguardi pieni di dolore composto di chi si gira verso un figlio piccolo sapendo che è stato licenziato e che ritrovare un'occupazione a quaranta-quarantacinque anni non è la cosa più facile del mondo. Ho giurato a me stesso che farò di tutto perché su questo tema ci sia il massimo impegno possibile e allora va bene ogni discussione sulle clausole dei contratti. Ma quando il rischio è che portino via l'azienda, che delocalizzino anche le nostre speranze, penso che sia di sinistra stare dalla parte degli investimenti, non combattere una battaglia che ha come primo risultato l'aumento dei senza lavoro. Si tratta di un ricatto? Mi sembra una parola forte. Ma se vogliamo usarla va bene, mi sta bene anche la parola ricatto. Se c'è qualcuno che ricatta, tuttavia, non è l'amministratore delegato dell'azienda X o Y: è il mondo che cambia a ricattarci. Nei prossimi vent'anni l'Europa dimezzerà la propria forza nella suddivisione della torta della ricchezza mondiale. Non voglio creare allarmismi, ma ne possiamo parlare? Preferiamo esserne consapevoli o prendere la linea dai sindacati che gridano più forte? Oppure, ancora più debolmente, ci rifugeremo nella consueta linea politica che non vuole scontentare nessuno, del «ma anche» e del «né con né con»?

Secondo tarlo da sconfiggere. «L'imprenditore è comunque un evasore. Un evasore in potenza, se non in atto. Ma comunque un problema.» Intendiamoci: così non ve lo dicono mai. Ma lo pensano spesso. Sono tanti gli approfittatori che usufruiscono della definizione di imprenditore per fare più semplicemente i fatti propri. Ma c'è un sacco di gente che dirige la propria azienda con una passione struggente. Dobbiamo smettere di pensare che gli imprenditori siano tutti ladri potenziali, salvo poi spesso vivere con timore reverenziale il rapporto con la locale Confindustria che invece – non ho certo paura a dirlo – in tante città è guidata da chi l'azienda non ce l'ha più. Perché, diciamoci la verità, i partiti rischiano l'autoreferenzialità, i sindacati pure ma non è che le associazioni di categoria scherzino sotto questo profilo, eh! Anzi. In alcune zone del Paese i presidenti delle associazioni dell'impresa non hanno più aziende da una vita. Sono invece da elogiare le tante piccolissime aziende che resistono, che costituiscono il cuore di questo Paese e che risultano spesso indigeste alla sinistra. Come se un imprenditore non possa essere uno che lavora, che rischia, che ci mette del suo. Certo, ci saranno personaggi discutibili, cinici, egoisti, evasori e potete aggiungere voi ogni cliché. Ma la maggioranza degli imprenditori è gente da elogiare. Sono persone che se investissero i propri soldi in speculazioni finanziarie o immobiliari – nonostante la crisi – guadagnerebbero di più di quanto facciano alzando un bandone ogni mattina. Anche perché finché la tassazione sarà più alta per chi investe sul lavoro rispetto a chi gioca in borsa o specula sui titoli finanziari... Nella maggioranza dei casi l'imprenditore, specie il piccolo imprenditore, fa quello che fa perché è appassionato, perché ci crede, perché ha voglia di rischiare. È convinto davvero del valore sociale di ciò che fa. Ha un elevato concetto dell'onore. Considera il dipendente come parte della sua famiglia allargata, un compagno di strada con cui condividere gioie e insuccessi, non una fastidiosa necessità. Non è un caso che una recente indagine mostri come i due terzi delle piccolissime aziende del Nordest siano guidate da ex operai o artigiani che hanno lasciato il posto fisso per mettersi in gioco.

Terza gatta da pelare, la pubblica amministrazione. «Valutare il dipendente pubblico è quasi impossibile e la produttività in questo settore non è misurabile.» La battaglia mediatica quotidiana del ministro Brunetta ha aumentato la frustrazione di chi lavora nel pubblico e non ha raggiunto – per il momento almeno – nessuno degli obiettivi che si era posta. Io stesso non ho raggiunto grandi risultati in questo settore. Anzi, quando ho provato a insistere su alcuni cambiamenti sono spesso stato rimbalzato. Non sempre, ma spesso. Anche per colpa mia, devo essere sincero: questo è il campo in cui ho commesso il maggior numero di errori di valutazione. Ma al di là della mia piccola esperienza personale, che conta il giusto, sono convinto che il centrosinistra debba sfidare il futuro proprio qui. Tutti i sondaggi dicono che è questo lo zoccolo duro del nostro consenso. Non dobbiamo aver paura di perderlo proponendo, se non di cambiare tutto, almeno di cambiare tutti. Sono una persona fortunata. Lavorando con tanti dipendenti pubblici ho incontrato fannulloni e furbacchiotti, come è naturale. Ma ho anche incrociato i passi di alcuni eroi, non solo di mangiapane a tradimento. Ci sono delle professionalità del pubblico che sarebbero pagate il triplo nel privato. Persone che lavorano con una dedizione, una cura, una passione che aprono il cuore alla speranza.

Quelle persone lì, più di quanto si crede, considerano la cosa pubblica con una cura e un'attenzione incredibili. Considero una grande fortuna poter lavorare e imparare da donne e uomini di questo spessore, alcuni dei quali sono entrati a lavorare in Comune addirittura prima che io nascessi ma che non hanno perso in questi anni neanche un briciolo della loro voglia di fare. Però arriverà presto il momento in cui una generale riorganizzazione del settore pubblico sarà fondamentale. Non so dire cosa farà scattare questa esigenza. L'ennesima manovra correttiva dei conti imposta dai mercati globali e dalle istituzioni europee? Forse. Vorrei solo che ciò non avvenisse per l'avvento sulla scena politica di un Marchionne della pubblica amministrazione che scoperchia la pentola. Dobbiamo essere bravi noi, farlo noi, con una proposta capace di suscitare discussioni e litigi ma mettendo l'accento sul nodo irrisolto di decenni di contrattazione, cioè la produttività. Sarebbe una grande rivincita se, per una volta, la sinistra arrivasse in anticipo su questo appuntamento. Se continuiamo a dire che la produttività della pubblica amministrazione non è valutabile in concreto, o lo è attraverso complesse trappole burocratiche che costituiscono solo una perdita di tempo, non guadagneremo consenso tra i dipendenti pubblici, continueremo a perderlo tra gli altri e soprattutto non cambieremo il nostro Paese.

Quarta e ultima battaglia concettuale da combattere: «Le tasse sono bellissime». No, le tasse non sono bellissime. Sarebbero accettabili se i servizi fossero bellissimi. In un ristorante di lusso, so che spendo tanto, ma se il servizio è di qualità, il cibo è buono, il vino è pregiato e magari la compagnia è quella giusta, lo faccio volentieri. Oggi il nostro Paese è uno dei ristoranti più cari del mondo dove alcune portate sono buone ma altre sono indecenti. Il servizio non è granché nonostante ci sia sparso in sala qualche cameriere volenteroso. L'ambiente è discreto ma un po' invecchiato: avrebbe bisogno di qualche investimento.

Penso che Tommaso Padoa-Schioppa, personalità economica indiscussa del nostro Paese, già banchiere centrale e ministro del Tesoro dell'Unione, fosse uno straordinario professore. La sua recente scomparsa ha addolorato non solo chi lo conosceva personalmente. Ma la sua frase «Le tasse sono bellissime» – pronunciata durante la sua esperienza nel governo dell'Unione – non mi convince per nulla, anche perché è stata decontestualizzata dagli studi e dai libri. Si tratta di un concetto nobile ma anche di un evidente autogol politico.

Esiste un gigantesco problema fiscale in Italia. Siamo l'ufficio complicazione affari semplici. Tra commercialisti e consulenti abbiamo un numero di specialisti tecnici sei volte maggiore che in Francia. E se altrove chi viene beccato a fare il furbo perde l'onore, oltre che in molti casi la libertà personale, da noi non pagare le tasse è intimamente giustificato nella mentalità comune. E più le tasse aumentano più io mi sento giustificato nel non pagarle: quasi una sorta di ribellione, un robinhoodismo di comodo che però è molto diffuso. Fino a quando un presidente del Consiglio – non dirò il nome, ma non è di difficile individuazione – dice con chiarezza e semplicità che «Se le tasse vanno oltre il 50 per cento è morale evaderle», ricevendo un sorriso compiaciuto da parte della maggioranza degli italiani è chiaro che non saremo mai un Paese in cui pagare le tasse costituisce un obbligo etico. Impossibile dire che è bello pagare le tasse. Anche perché, al di là della provocazione culturale che Padoa-Schioppa voleva rivolgere alla comunità politica, il problema esiste ed è forte, molto forte. Dobbiamo avere il coraggio di dire che questo Paese vive davvero un'emergenza fiscale, aggravata dalla crescente convinzione che la spesa pubblica comprenda troppi sprechi. Se ne discute da anni ma non si sono fatti passi in avanti significativi. Avevo appena sostenuto l'esame di maturità quando la strana coppia Berlusconi-Tremonti propose per la prima volta la rivoluzione fiscale. Due sole aliquote e caccia forsennata all'evasione. Era il 1994. A distanza di quasi vent'anni questa strana coppia ripropone sempre lo stesso schema. Dateci fiducia e faremo la rivoluzione fiscale. Ma il livello della pressione delle tasse in questi anni è rimasto lo stesso. Come mai in vent'anni non sono riusciti a introdurre le due aliquote? Il tempo non è mancato. Eppure una volta non li lasciano governare, una volta c'è la crisi economica, poi c'è quella politica, una volta è colpa di Bossi, una volta è colpa di Casini, una volta è colpa di Fini, una volta sono i comunisti che mangiano i bambini, una volta i bambini che mangiano i comunisti. Sono i campioni mondiali di caccia all'alibi.

L'unica sfida culturale di cui il centrosinistra ha davvero bisogno consiste nel farsi promotore della battaglia per l'abbassamento delle tasse e stangare con una severità senza pari gli evasori, andando a prenderli casa per casa. Senza guardare in faccia a nessuno. Nel mio piccolo ci ho provato durante l'esperienza politica in Provincia. Non che avessimo una grande autonomia impositiva. Ma quel poco che avevamo, l'abbiamo usata. E non per alzare le tasse, ma per abbassarle. Senza averlo dichiarato in campagna elettorale decidemmo di dare un segnale ai cittadini e riducemmo l'Imposta Provinciale sulla Trascrizione. Per dirlo in maniera più chiara: ogni cittadino dei comuni del territorio pagava come tasse provinciali 116 euro all'anno. Dopo la nostra decisione diventarono 89. Pochi soldi, è vero, appena 27 euro a testa. Una pizza e una birra. Ma è il principio che conta. Meno tasse per tutti. Loro lo hanno detto. Noi lo abbiamo fatto.

# Il complesso di Silvio

«Non mi somiglia per niente.»
*Johnny Stecchino*

Diminuisci le tasse ai cittadini e non ti considera nessuno. Vai a incontrare il presidente del Consiglio per parlare della tua città e scoppia una bufera mediatica incredibile. È la comunicazione, bellezza. Non mi sono pentito del viaggio ad Arcore per incontrare Silvio Berlusconi. Lo rifarei domattina, nonostante tutte le polemiche che ha suscitato. Un Paese civile è quello in cui non fa notizia che il presidente del Consiglio riceva il sindaco di una grande città. Non importa se non è amministrata dallo stesso colore politico: qui parliamo di istituzioni, signori, non di partiti.

Del resto, fin dalla campagna elettorale sono stato preso di mira da una parte della sinistra, quella più radicale. La mia colpa? Presto detto: non odiare abbastanza Berlusconi. Venivo (e vengo tuttora) presentato come uno che proviene dal marketing, insiste molto sulla comunicazione, non vuole alleanze che si trasformino in litigiose ammucchiate, afferma che amministrare significa fare, non solo chiacchierare. Come può essere tradotto nel modo più semplice questo ragionamento? Ma è chiaro: Renzi non è berlusconiano, è peggio. È un berlusconino.

Per tutta la campagna elettorale cercarono la pistola fumante, la prova provata della mia intelligenza con il nemico. Finalmente la trovarono. Mancavano tre giorni alle elezioni e spuntò il video della mia partecipazione, giovanissimo studente universitario, occhiali enormi e faccia magra, a *La ruota della fortuna*, con Mike Bongiorno e Paola Barale. Ha persino vinto quasi cinquanta milioni di lire in gettoni d'oro, scrissero in rete. Affidai alle agenzie una precisazione: avevo vinto anche due cucine Whirlpool. Una parte dell'intellighenzia di sinistra si mobilitò indignata: come è possibile che vada a fare il sindaco uno che vinceva i quiz di Mike? Anche perché Bongiorno a sinistra sarebbe stato riabilitato solo dopo aver litigato con Mediaset. Vinsi le primarie e a Firenze iniziarono a comparire adesivi con la scritta «Silvio Renzi non è il mio sindaco», altro che polemiche su Arcore.

Dipingermi come Silvio Renzi serviva soprattutto a quella parte di sinistra che, rimasta orfana dei sogni, continua a inseguire un nemico. Non sottovalutiamo il bisogno del nemico: spesso è l'unico collante dello stare assieme. Ne sanno qualcosa diversi parlamentari della mia parte.

Non so se un giorno i nostri riusciranno, una volta per tutte, a metabolizzare il problema Berlusconi. C'è un'intera generazione di dirigenti politici di sinistra letteralmente ossessionata dal Cavaliere. Persino quando fingono di ignorarlo e coniano complessi giri di parole per non dirne il nome e il cognome (rimane nella storia il mitico veltronismo «il candidato del principale schieramento a noi avverso», che sembrava una definizione di un cruciverba del Bartezzaghi, sette orizzontale dieci lettere inizia con la B, finisce con oni), capisci che ce l'hanno sempre davanti, sempre nella testa. Basta che racconti una barzelletta e subito si fiondano sulle agenzie per commentare. Facendo il suo gioco, ovviamente: gli riconoscono sempre e comunque la centralità della comunicazione. Questo atteggiamento di sostanziale subalternità psicologica nei confronti di Berlusconi è assurdo. C'è gente così ossessionata da aspettare solo il lancio d'agenzia di Palazzo Chigi per replicargli immediatamente. La loro ossessione è incredibilmente anche la loro legittimazione, l'unico modo per dare un senso al proprio impegno. Può sembrare assurdo, ma tutto ciò fa il gioco del Cavaliere, che ha molto da guadagnare da un'opposizione pregiudiziale e ideologica. Più lo dipingono come il caimano, più si radicalizza lo scontro e lui può scavare il solco tra una parte del Paese e la sinistra dipinta come «capace solo di odiare».

Non c'è dubbio che Silvio Berlusconi sia un'anomalia nella politica europea. Il suo ingresso in scena, il suo comportamento, le sue vittorie e le sue sconfitte ne fanno un pezzo unico. Per fortuna, aggiungo io. Ma chi lo attacca in modo forsennato non si rende conto di rafforzarlo nella pancia del Paese. Crescono le urla delle due tifoserie in curva, ma il clima da derby è quello nel quale lui riesce meglio.

Paradossalmente i dati dicono che una parte degli italiani crede a Berlusconi, sempre e comunque. I principali sondaggisti confermano che lo zoccolo duro dei berluscones è ancora forte. Nonostante tutto, nonostante tutti. Un italiano su cinque, più o meno, gli crede a prescindere. Gli giustifica tutto. È disposto a negare a se stesso anche l'evidenza. C'è un che di drammatico e romantico, di incredibile e di tenero, in questo dato. Come il marito affettuoso che torna a casa e trova la moglie a letto con un altro uomo. «Caro, non è come credi.» E quello se la beve. Si accompagna a giovani ragazze? Per forza, la moglie l'ha lasciato. Ha rotto in ordine prima con Bossi, poi con Casini, poi con Fini? Per forza, poverino, i suoi alleati ce l'hanno con lui. Frequenta donne avvenenti? Per forza, il suo è il partito dell'amore. Ha tante indagini aperte? I giudici sono comunisti che ce l'hanno con lui. Nessuno è come Silvio Berlusconi, più di Silvio Berlusconi, depositario di un amore sconfinato e di un odio altrettanto infinito.

In tanti mi dicono che dovrei essere più antiberlusconiano. Ma io non riesco a odiare Berlusconi, neanche sforzandomi. Non ce la faccio. È più forte di me. Non è solo un problema di età, anche se riconosco che questo elemento pesa. Facendo i conti con la carta d'identità scopro meravigliato che Berlusconi ha appena sei anni meno di mia nonna Annamaria.

È anche e soprattutto la reazione a un atteggiamento di antiberlusconismo viscerale che giudico dannoso più che inutile. E poi, è giusto dirlo, c'è anche il rispetto per una personalità oggettivamente incredibile, fuori dalla media, in tutti i sensi. Personalità dalla quale avverto una distanza siderale, profonda, strutturale. Ma questa distanza non può farmi giudicare la realtà in modo poco oggettivo. Il primo manifesto di Forza Italia recava scritto: «Difendi i tuoi diritti, i tuoi interessi, la tua libertà.» Io sono cresciuto con una definizione di politica diametralmente opposta: «Mi sono accorto che il tuo problema è uguale al mio. Sortirne da solo è avarizia, sortirne insieme è la politica»: sono le parole di un prete fiorentino morto troppo giovane, che rispondeva al nome di don Lorenzo Milani. Tra il «difendi i tuoi interessi» di Arcore e il «sortirne insieme» di Barbiana c'è la stessa diversità che separa il giorno dalla notte. Mi divide da lui, profondamente, l'idea di ostentare dei valori che poi si fatica, per ragioni anche comprensibili, a praticare. Perché devo professare qualcosa in cui non credo o che comunque fatico a seguire? Non mi fanno ridere le sue battute sulle donne. Magari fanno ridere la maggioranza degli italiani, non lo so: sarò minoranza, ma io non rido. Trovo inaccettabile e volgare una certa visione della donna, più adatta ai film da cummenda lumbàrd degli anni Settanta che non ai politici del Ventunesimo secolo. Del resto, il sindaco della città di Firenze deve tutto alle donne. È per l'intelligenza e il grande cuore di una donna, Anna Luisa de' Medici, l'Elettrice Palatina, che questa città ha conservato uno dei più immensi patrimoni culturali del mondo. È per l'intelligenza di altre due donne della famiglia Medici, Caterina e Maria, che c'è molta Firenze a Parigi e che una certa idea di bellezza ha trovato i canali per diffondersi. È per gli occhi di una donna, Beatrice, che è stata scritta un'opera tra le più importanti di tutti i tempi, la Divina Commedia. Potrei proseguire con l'elenco delle diversità strutturali che, partendo dal conto in banca e arrivando fino ai massimi sistemi filosofici, segnano la mia diversità dall'attuale presidente del Consiglio. Ma tutto ciò non m'impedisce di dire che quest'uomo, checché se ne pensi e se ne dica, passerà alla storia del nostro Paese. Io sono tra quelli che si augurano che passi alla svelta alla storia e che il voto democratico degli elettori lo costringa a mollare l'impegno attivo in politica per godersi le sue ville, i suoi nipoti e la sua serena nuova vita.

Ma Berlusconi passerà alla storia non solo perché è riuscito a rovinare i sogni di una sinistra che non è mai stata in grado di comprenderlo. Non solo perché è stato l'oggettivo protagonista di quasi un ventennio di vita repubblicana. Ma perché ha saputo cogliere in profondità alcune qualità e molti difetti dell'Italia. E il bello è che non ha cambiato il nostro Paese con particolari provvedimenti di legge, nonostante la lunga permanenza al governo, ma l'ha cambiato con la sua straordinaria abilità nel capire il popolo italiano e nel contribuire a plasmarlo, attraverso le sue reti televisive e il modello culturale che esse hanno esercitato soprattutto negli anni Ottanta e Novanta. Berlusconi sta nella storia di questo Paese non solo per l'incredibile rivoluzione che ha prodotto, inventando un partito dal nulla e vincendo elezioni che sembravano straperse. Ma soprattutto per i valori – o disvalori – che ha concorso a creare in questi decenni. Sarò controcorrente, ma penso che il premier resterà nella storia italiana più per Rete 4 che per il lodo Alfano.

C'è una frase di Berlusconi che mi sembra straordinariamente indicativa. Estate duemiladieci. I media sono concentrati su un'indagine della magistratura. Alcune persone vicine a Berlusconi, riunendosi in più occasioni, avrebbero dato vita a una sorta di rete parallela, un gruppo di pressione segreto o qualcosa del genere che subito viene ribattezzato, con scarsa fantasia e alto sprezzo del pericolo, P3. Il premier è molto chiaro e commenta la notizia con il consueto aplomb istituzionale: «Quelli sono quattro sfigati pensionati che si mettono insieme e pensano di cambiare le cose in Italia. Ma se non ci riesco neanch'io a cambiarla!».

Il giorno dopo tutti gli avversari politici del Cavaliere gridano la loro indignazione: «Ha voluto sdrammatizzare una vicenda grave come quella della P3, parlando di quattro pensionati che si riuniscono». «È un premier occidentale: non può richiamare espressioni gergali come sfiga.» «Cerca di minimizzare le azioni della P3, perché ha paura che si faccia chiarezza.»

Ecco, io penso che sarà un gran giorno quello nel quale la sinistra, anziché vivisezionare la prima parte della frase, proverà a prendere sul serio la seconda. Perché dopo diciassette anni dalla prima vittoria elettorale – un periodo sufficientemente lungo per fare qualche bilancio – il fatto che Berlusconi ammetta di non essere riuscito a cambiare l'Italia è la vera notizia. Altro che gli sfigati e la P3.

Oggi anche il più convinto dei berluscones, l'ultimo paladino dei promotori della libertà o come si chiamano i militanti più accaniti, persino il cane della Brambilla si rende conto che sotto il profilo dei risultati ben poco è cambiato. Gli avversari parleranno di flop, gli amici troveranno dei comodi alibi. Ma sul fisco, la giustizia per tutti, la semplificazione, la lotta alla burocrazia, le grandi opere (e diciamo pure anche le piccole) i passi avanti, se proprio di passi avanti vogliamo parlare, sono stati minuscoli. Una parte della sinistra lo attacca per quello che Berlusconi ha fatto nei vertici internazionali o in camera da letto. E perde. Penso che inizieremo a vincere quando lo incalzeremo su quello che non ha fatto. E su quello che, il giorno dopo, senza dividerci in correnti e correntine, potremo fare noi.

Quello che non ha fatto è più grave di quello che ha fatto, dunque. Io non credo alle rappresentazioni mitologiche che fanno di Berlusconi un ispiratore mafioso, un dittatore implacabile, un despota antidemocratico. Non mi pare ci sia bisogno delle intercettazioni per capire che la vita sociale del Cavaliere non si ispira alla condotta delle Orsoline. Se certi atti abbiano o meno profili giudiziari è una vicenda che riguarda la magistratura, non la politica. E penso che un sano senso del pudore consiglierebbe di evitare certe sceneggiate poco rispettose del ruolo pubblico di un capo del governo. È consolante avere un comodo capro espiatorio, ma per me non può funzionare così. Berlusconi è il grande alibi per la sinistra italiana e per i suoi dirigenti, che magari sono gli stessi amministratori locali – o i loro fratelli minori – comunisti e socialisti che si facevano in quattro per rilasciare i permessi urbanistici a quel brillante imprenditore quando c'era da costruire Milano Due. Ma che adesso hanno del tutto casualmente rimosso quella pagina della storia amministrativa lombarda. Come pare averla rimossa lui, del resto. Lui che quando parla dei comunisti dimentica che le giunte che autorizzavano i suoi cantieri erano sorrette anche dalla falce e martello. Del resto, se vince Berlusconi è anche e soprattutto perché tanta gente non vede un'alternativa. O non crede a quella che c'è.

Anni di scoutismo mi hanno insegnato ad assumermi le mie responsabilità. E che avere un buon capro espiatorio fa star meglio a livello psicologico ma non risolve il problema. Se in questi anni Berlusconi ha governato la colpa è essenzialmente dei nostri che non hanno mai fatto nulla per fermarlo. Fermarlo non tanto con leggi come quella sul conflitto di interessi ma con una battaglia culturale e popolare alla sfida che il Cavaliere aveva lanciato. Se oggi governano loro, è colpa delle nostre divisioni, delle nostre polemiche, delle nostre omissioni. E del resto se non ci fosse stata una crisi di governo neanche due anni dopo le elezioni del 2006, frutto di tensioni fratricide assurde e causata da una coalizione più simile a un'accozzaglia indecorosa che non a un'alleanza degna di questo nome, oggi il centrodestra non sarebbe al governo del Paese.

Mi sono sempre divertito quando ho incontrato Berlusconi. La prima volta, nel 2005, il Cavaliere era a Firenze per una manifestazione nazionale di un movimento fondato dal responsabile della Croce Rossa, Maurizio Scelli, che assicurava di potergli riempire il palazzetto dello sport di volontari e persone dell'associazionismo, fuori dal partito. All'orario previsto non c'era nessuno o quasi: un deserto incredibile. Il flop più tremendo. Ovviamente noi del centrosinistra ce la ridevamo alla grande, come sportivamente si deve fare in questi casi. Il premier era già arrivato a Firenze e come da protocollo stava aspettando in Prefettura di recarsi all'incontro con i volontari. Per evitare un vuoto devastante e per consentire alle telecamere di riprendere almeno qualche partecipante all'incontro, gli uomini di Forza Italia provarono a venire in soccorso radunando militanti da tutta la Toscana, all'ultimo tuffo. Ma un po' di tempo ci voleva. E allora il prefetto mi chiese se avevo voglia di passare a salutare il presidente. Non me lo disse, ma intuii che il vero obiettivo fosse guadagnare tempo. Assolsi, dunque, volentieri al compito di tappabuchi, considerato che Palazzo Medici Riccardi è la sede condivisa da Prefettura e Provincia. E il mio ufficio era allo stesso piano della sala della Prefettura: mi bastavano una cinquantina di passi per essere là. Indossavo un vestito di velluto marrone terribilmente demodè, altro che abito blu di forzista ordinanza: la cosa naturalmente mi divertiva da matti. In attesa che le truppe cammellate di Forza Italia provassero a risolvere la débâcle di Scelli, scambiai due parole in tranquillità con Berlusconi sui massimi sistemi. Ma quando venne a conoscenza del mio curriculum, gli scattò la molla: «Ma scusi, come fa uno come lei, uno giovane che viene dal marketing a stare con i comunisti?». Presi fiato e replicai sorridente: «Certo, presidente, che da quando gli è riuscito con Bondi, ci prova proprio con tutti, eh!». Uno a uno, palla al centro.

Il secondo incontro si svolse in un palasport stavolta gremito fino all'inverosimile. Si capiva da subito che l'organizzatore ci sapeva fare, non era uno Scelli qualsiasi. A Firenze si teneva, infatti, il congresso che decretava lo scioglimento dei Ds nel Partito democratico. Berlusconi, leader della minoranza, venne ad ascoltare la relazione di Fassino, con un gesto di correttezza istituzionale molto apprezzato dai Ds. E non solo dalla Quercia, a dire il vero. L'ordine di scuderia era chiaro: «Nessuno lo fischi, sia accolto con civiltà e rispetto». E tutto filò liscio, come nei Paesi normali. Quando gli strinsi la mano e mi disse: «La vedo bene, la vedo dimagrito», capii che l'uomo usava in politica gli stessi accorgimenti dei venditori di Publitalia. Perché se non sei indifferente o anoressico non può che starti simpatico uno che ti dice che sei dimagrito. Solo che io conoscevo la verità. Ero ingrassato di quindici chili in cinque anni e negli ultimi mesi viaggiavo alla media di quasi un chilo al mese. Per la prima volta in vita mia stavo seriamente pensando di mettermi a dieta. Ma lui qualcosa di buono, elegante e simpatico – come da modello Publitalia – me la doveva dire: si vede che non aveva trovato nulla di meglio per vezzeggiare l'interlocutore di turno...

Quando arrivarono le elezioni, Berlusconi venne a Firenze come presidente del Consiglio per sostenere il Pdl nella campagna elettorale contro di me. Ma confermò una serie di impegni per Firenze, chiunque avesse vinto la sfida di Palazzo Vecchio. Si impegnò ufficialmente per una legge speciale per la mia città. Colsi la palla al balzo. E dal giorno dopo il mio giuramento come sindaco insistei perché questa promessa elettorale venisse mantenuta. Una parte del mio partito avrebbe voluto fermarsi lì perché «Non si possono fare accordi con Berlusconi». Io penso che la concretezza dell'amministratore imponga di battere tutte le strade che aiutino la tua comunità a crescere. Giusto o sbagliato, questo è il mio Paese, dicono gli americani. Piaccia o non piaccia, lui ha vinto le elezioni, potremmo dire noi. Nacque per questo l'occasione dell'incontro con il Cavaliere, che mi invitò gentilmente ad Arcore. Incontro piacevole, operativo, concreto. Nel giro di qualche settimana Berlusconi ha offerto le prime risposte, anche grazie alla paziente collaborazione di Gianni Letta. Si è sbloccato e si è firmato un importante accordo sui beni culturali, fermo da tempo, e il governo si è impegnato pubblicamente per accogliere alcune richieste finanziarie della città di Firenze e di tutti gli altri comuni, come il contributo di soggiorno. Non sarà la legge speciale, ma per Firenze è un passo in avanti che consentirà di non tagliare servizi sociali e asili nido. E non è un'elemosina del governo centrale ma il rispetto di un impegno elettorale, di un accordo preso con i cittadini.

Quando la notizia diventò di dominio pubblico, sul web si scatenò la rivolta contro di me. Centinaia di email intasarono in poche ore il mio account di posta elettronica. Facebook vide impennarsi i contatti. Non mi nascondo, sia chiaro: il rottamatore che parla con Berlusconi sembra una contraddizione in termini. E con la visita in terra brianzola ho perso sicuramente qualche punto nel gradimento dei miei amici in tutta Italia. Avrei dovuto rinunciare alla visita al premier per un motivo ideologico o per confermare il gradimento quale potenziale leader del mio schieramento? Dico, ma scherziamo? Prima della mia carriera viene la mia città. Mi pagano per governarla, non per giocare al piccolo leader in carriera. E il rispetto per le istituzioni non è un optional. Finché Berlusconi è il premier e mi riceve per parlare della mia città io lo incontro anche tutti i giorni se serve. Nel mio partito il gruppo dirigente mugugnò. Fioccarono le agenzie contro di me. Persino il segretario Bersani avvertì l'esigenza di precisare che incontrare il premier va bene, ma non ad Arcore perché «se no, si può pensare male». Il mio ufficio stampa recuperò casualmente il lancio di agenzia di sei mesi prima in cui un altro Pierluigi Bersani – probabilmente un omonimo, cose che capitano – dichiarava testualmente: «Pur di fare le riforme andrei ad Arcore anche a piedi». Io no, io ci sono andato in treno e poi ho preso una macchina: che sia questo il vero motivo per cui Bersani ci è rimasto male? Ma poi, diciamo la verità, pensare male cosa, caro Pierluigi? Ognuno pensi quello che vuole. Se c'è chi mi pensa in un trenino con Lele Mora e con Emilio Fede, è un problema suo, non mio, per carità. Se qualcuno pensa che io possa prestarmi ai cambi di casacca o ai rituali del bunga bunga, credo che questo qualcuno abbia bisogno di un buon igienista mentale più che di un'igienista dentale. E soprattutto se c'è chi è schiavo dell'ossessione per il Cavaliere, noi non vinceremo mai.

Quando lo incontrai ad Arcore, accettai volentieri il suo invito a trattenermi per il pranzo, dopo la parte ufficiale dell'incontro sui problemi della città. Berlusconi mi apparve come un ospite cordiale e disponibile ma anche e soprattutto come un uomo solo. Arrivato alla sua età avendo collezionato centinaia di successi, valanghe di soldi, coppe dei campioni, foto con leader di mezzo mondo, eppure troppo solo. Quando arrivi a certi livelli, mi immagino, ti circondano ruffiani e mezze calze, nani e ballerine ma solo pochi veri amici fidati che ti vogliono bene per quello che sei e non per quello che possono ottenere da te. Proprio per questo, mi fece piacere quando mi chiese se avessi qualche problema a farci raggiungere a tavola dai suoi tre figli più giovani. Non so perché lo fece. Forse, mi dissi, vuole far vedere ai suoi figli che nell'altra parte del campo c'è qualcuno che lo rispetta. Acconsentii con piacere. Ne scaturì una chiacchierata interessante, a trecentosessanta gradi. Lo disse qualche settimana dopo la figlia Barbara in un'intervista a «Vanity Fair» che fece molto discutere per il giudizio su alcune collaboratrici di Berlusconi. «Tra il sindaco Renzi e mio padre ci sono idee diverse ma c'è stato molto rispetto.» Quel rispetto che Berlusconi sicuramente non ha da parte della maggioranza della sinistra. Ma che certo non incoraggia definendo volgarmente coglioni quelli che votano dall'altra parte.

Rientrato a Firenze, venni sottoposto alle opposte pressioni di chi doveva accusarmi per alto tradimento e di chi voleva sapere come si mangia ad Arcore, se c'erano il parco, il mausoleo e le dive della televisione nascoste dietro i divani. Buffo il mondo. Me ne feci una ragione e tirai diritto. Terminai l'album delle dichiarazioni con la presa in giro da parte del titanico Roberto Benigni. Solo lui poteva mettere la parola fine. E allora, appena arrivato in Palazzo Vecchio per la presentazione di un libro, si avvicinò al microfono e spiegò all'Ansa la sua autorevole posizione: «Sarò brevissimo, perché io e Renzi fra poco, come sapete, abbiamo un appuntamento con il presidente nella sede istituzionale di Villa Certosa. Dobbiamo andare insieme a ragionare di Firenze e facciamo in un secondo perché è una cosa istituzionale, se ne parla nel letto di Putin io, lui e il presidente: perché se no fanno storie, se uno si mette da un'altra parte... mamma mia, quante storie!».

# Il vizio di credere

«I cristiani che stanno con un solo piede sulla terra staranno con un solo piede pure in paradiso.»

*Dietrich Bonhoeffer*

Non tutti sono Roberto Benigni. Ma molti fiorentini per una battuta si farebbero scuoiare. Anche quando c'è da tirare in ballo i grandi argomenti della vita e della morte. Della fede e della religione. Durante i terribili giorni dell'alluvione, Firenze fu presa per mano da un grande sindaco, Piero Bargellini. Calato con tutta la sua immensa cultura negli stivali e nel fango, il sindaco girò molto in città per parlare, rianimare, consolare il suo popolo. E diventò celebre, tra gli altri, un suo scambio con un concittadino che stava spalando il fango dalla propria bottega: «Forza e coraggio. E che il Signore ci aiuti!». Secca la risposta dell'uomo con la carriola: «E se non ci aiuta Lui, non si preoccupi sindaco, vorrà dire che si farà due viaggi in più noi», perché sdrammatizzare e ironizzare, da queste parti, è la parola d'ordine.

La nostra città ha un rapporto particolare, tutto suo, con la religiosità. Siamo tra i pochi luoghi italiani in cui il Duomo e il Municipio non sorgono sulla stessa piazza. Quasi a simboleggiare la ricerca di una laicità anche architettonica. Ma contemporaneamente Palazzo Vecchio reca la scritta «Rex regum» che richiama alla simbologia del Cristo Re. I fiorentini hanno chiese tra le più belle del mondo e sono anche famosi in tutto il Paese per le proprie colorite imprecazioni che poi provano a giustificare come tradizionali intercalari.

Tutta la storia della città è attraversata da uomini di fede che hanno segnato il proprio tempo. Si pensi all'impianto teologico della *Divina Commedia* di Dante ma anche a quel Girolamo Savonarola che i fiorentini misero a morte, come avrebbe detto Indro Montanelli, non perché disturbava «la quiete pubblica, ma perché disturbava la quiete privata». Fino ad arrivare al Novecento, secolo in cui Firenze è il «chiostro dei folli di Dio», come lo definisce Alberto Melloni, elencando le gesta di La Pira e don Milani, del cardinal Dalla Costa e di Balducci, fino a don Divo Barsotti o al semisconosciuto ma cruciale ruolo di don Bensi.

Alcune associazioni mi accusano con veemenza di essere cattolico. Lo sono. E ho anche difetti ben peggiori, sia chiaro. Ma non riesco a capire la portata ideologica di questa polemica. Trovo assurda la paura della fede in politica. Chi crede non ha un handicap per impegnarsi nella società: forse ha una motivazione in più per servire le istituzioni, non una in meno. Non mi vergogno della mia fede. Anzi. Se qualcuno non vuole votarmi perché la domenica vado a messa, faccia pure e sappia che non rinuncerò alle mie idee per un voto. E non considero il mio impegno incompatibile con il Vangelo, anzi. Proprio nel Vangelo, del resto, compare l'espressione più alta della laicità: «Date a Cesare quel che è di Cesare». La condizione fondamentale, naturalmente, è che il credente che sceglie di impegnarsi sia egli stesso il primo geloso e determinato custode e difensore della laicità delle sue azioni. Nel momento in cui accetto la possibilità di rappresentare una città (e in questo caso, che città!) non potrò mai pensare di rappresentare solo quelli che la pensano come me. Io rappresento Firenze, tutta Firenze. Del resto ho vinto le primarie per fare il sindaco, non per fare il vescovo.

Ma purtroppo il problema è più serio. In Italia ci si vergogna di affermare la propria fede religiosa. Meglio confinarla nella sfera privata. Sembra quasi un atto da bambini arrivati in ritardo alla lezione di catechismo. L'importante è essere – o peggio ancora *proclamare* di essere – difensore di una qualche astratta morale. Sembra quasi che essere credenti in politica sia da nascondere, mentre appare giusto obbedire – o far finta di farlo – a norme etiche, che magari neanche si rispettano. Ma l'importante è come ci si mostra, non come si è. Trovo allucinante che ci sia chi riduce l'annuncio cristiano a mero pretesto per cavalcare la questione etica di turno e prendere due voti in più, ammesso – e non concesso – che si prendano questi benedetti due voti in più. Mi sembra la strumentalizzazione bieca e meschina di qualcosa di prezioso e di grande, che invece investe in profondità la mia vita quotidiana e tutto ciò che mi circonda. E poi non è che la morale ce l'hanno solo i credenti!

Un cristiano però è un tizio che crede che ci sia un dopo rispetto alla vita terrena. Non è una questioncina banale. Se davvero ci crede la sua prima preoccupazione è vivere a fondo, non restare sulla superficialità delle cose. Se accetta di impegnarsi in prima persona non va in politica per testimoniare dei valori, ma per cambiare concretamente le cose. Non fa atto di presenza, ci prova davvero. Chi vuole testimoniare i propri valori senza mettersi in gioco, senza compromettersi nel senso più nobile del termine, senza provare a trovare soluzioni nuove, fa il catechista, non il politico. Il Vangelo non ti spiega cosa fare, tocca a te giocartela. Ma ti invita a farlo, in modo libero e laico. Se pensi davvero che quella di Gesù Cristo morto in croce, e soprattutto risorto, non sia la storiella ben raccontata da una suorina ma un fatto storico, è naturale che non puoi fare finta di niente. La tua vita cambia. Non sta a me dire se in meglio o in peggio, dico solo che non può essere tutto come prima. E allora come fai a non arrabbiarti quando scendono a valle padane figure – pittoresche se non fossero ridicole – che dopo aver santificato il dio Po con l'ampolla magica e dopo aver celebrato nozze con il rito celtico e il sacro fuoco (notoriamente attività molto in voga nella Bassa lombarda) si autoproclamano difensori della società cristiana? Società cristiana sarà tua sorella. Non mi sembra giusto che una questione così bella e drammatica venga volgarmente usata da qualche strampalata pseudo-filosofia in camicia verde.

Una parte del problema deriva dal dibattito politico nazionale al nostro interno. Specie dopo la formazione del Partito democratico sembra che il medico ci abbia prescritto di litigare una volta alla settimana. E trovando faticoso discutere su argomenti di merito, decidiamo di eleggere il tema dei valori e della laicità non come un luogo di confronto e condivisione, ma come la coperta di Linus cui aggrapparsi. Con tutte le comprensibili paure e le rispettive insicurezze. Siamo arrivati al punto di considerare i diritti come un elemento di divisione quando, da sempre, sono il campo di gioco condiviso, non il terreno su cui marcare differenze e distanze.

Viviamo un tempo in cui integralisti pazzi e fanatici in nome del loro dio sgozzano persone, lapidano adultere o presunte tali, tagliano le gole. E noi davvero pensiamo che possa costituire attentato alla laicità un documento della Conferenza Episcopale Italiana, che magari non leggono più fino in fondo neanche i preti? Da credente, ma prima ancora da cittadino, sono stanco di vedere sui giornali sempre le stesse questioni. Stanco di pensare che il concetto di laicità passi solo dal numero di embrioni consentiti e non dalla battaglia politica per la libertà religiosa, quella vera. Penso ai sacerdoti uccisi per la loro fede, i nuovi martiri forse più numerosi che in passato, come ci ricorda il prezioso lavoro di un'associazione come la Comunità di Sant'Egidio. Penso alle vittime della strage di Alessandria d'Egitto e ai due sacerdoti uccisi recentemente in Turchia. Penso ai frati francescani bruciati vivi in Pakistan o ai Montagnard in Vietnam di cui si ricorda solo Radio Radicale (e la cosa dovrebbe farci riflettere). Ci sono zone del mondo dove andare a messa è una scelta drammatica e pericolosa. Però non ne parliamo quasi mai.

Ma se la politica ha le sue brave colpe, in Italia anche il mondo cattolico porta le sue responsabilità. Si è colpevolmente lasciato intendere che il consenso dei fedeli potesse indirizzarsi con maggiore decisione sulla base di alcune scelte o provvedimenti ad hoc. Anche perché tanto, ormai, la gente fa come crede. Una parte convergente del mondo politico proveniente dalla Dc e dal mondo cattolico in generale, che ha dato l'impressione di essere interessata più alle questioni terrene che a Gesù Cristo, ha pensato di poter imporre l'agenda alla politica italiana. Non lo credo né utile né giusto: basterebbe proporre una speranza per essere davvero rivoluzionari. Dopo la fine della Dc, inoltre, le parrocchie hanno avuto paura della politica. L'hanno allontanata come sporca. E oggi il giusto lamento di chi chiede una nuova generazione di politici, anche cristiani, si scontra con il fatto che alla mia generazione è stato raccontato che l'impegno nel volontariato e nell'associazionismo è bello e dà soddisfazioni. Ma fare politica, no: è troppo pericoloso e rischioso.

Alle gerarchie ecclesiastiche vorrei dire che vanno bene tutte le battaglie sui valori, sui principi, sull'etica e compagnia cantante, ma se ci parlassero un po' di più di Gesù Cristo e un po' di meno di legge elettorale sarebbe un bene per tutti. Ai laicisti invece vorrei dire che togliere Gesù Cristo dalla storia pubblica del nostro Paese è impossibile. Ma se anche fosse possibile sarebbe un'operazione culturale – si fa per dire culturale – degna del peggior fondamentalismo talebano.

Succede anche che alcuni temi vengano considerati di secondo piano, solo perché storico patrimonio del mondo cattolico. Ai miei amici fieri laicisti, porto spesso l'esempio della famiglia. In tutto il mondo socialdemocratico sono stati concepiti sistemi di welfare a difesa del nucleo familiare come risposta alla crisi del tessuto connettivo della società. Mi sembra naturale: credo, infatti, che se vogliamo combattere l'individualismo e la solitudine, difendere la famiglia sia cruciale. Il fatto che anche i vescovi siano d'accordo è motivo sufficiente per dare il copyright del tema al mondo cattolico e dunque non muovere un dito in questo senso perché altrimenti sembriamo bigotti? Ma se la domanda è retorica, la risposta politica è sconfortante. Posso citare, ad esempio, la questione del quoziente familiare, un argomento che viene ciclicamente riproposto solo per strappare mezza pagina sui giornali o per allargare questa o quella coalizione, ma non diventa mai concreto.

Contesto l'idea che ai cattolici debba essere ritagliato un piccolo spazio solo nelle questioni etiche. È insopportabile che la nostra riserva indiana sia la sfera della morale. Un po' come accadeva nelle regioni rosse, nei primi anni dell'Ulivo, quando i cattolici venivano portati in giunta dopo anni e anni di opposizione e assegnati solo al sociale: gli assessori alla sfiga. Lo sviluppo economico, l'urbanistica, l'ambiente, le politiche culturali no. Però il sociale di corsa... A forza di accettare questo diktat culturale, siamo diventati specialisti di come gestire l'inizio e la fine. Un dibattito che tocchi fecondazione assistita, aborto, eutanasia non è considerato valido da nessun talk-show e da nessun giornalista se non comprende la voce di almeno un cattolico. E anche chi cattolico non è, su queste partite si incarica di rappresentare la posizione delle gerarchie. Intendiamoci. Io credo sia doveroso occuparsi di queste cose. Sono questioni straordinarie, inedite, pongono domande profonde di senso al cuore e all'intelligenza dell'uomo, qualsiasi uomo, qualunque sia la sua confessione religiosa. Penso anzi che una vera laicità e il corretto e rigoroso rispetto della realtà non possano che portarci a un'analisi drammaticamente affascinante. Dov'è il limite? Qual è il rapporto tra libertà e responsabilità? Con quali criteri la politica incrocia i confini dell'etica? Ma nel mezzo tra la fecondazione assistita e l'eutanasia, però, c'è quella cosa unica e originale che si chiama vita. E sulla vita, se hai un'idea, giocatela, con tutto l'entusiasmo di cui sei capace.

E ancora: è prerogativa dei cattolici capire che non c'è nessuna giustificazione possibile per la strage di bambine in Cina che l'«Economist», non l'«Osservatore Romano», chiama «gendercide» dedicando la copertina a una storia che toglie il fiato più di un cazzotto allo stomaco? Bisogna essere battezzati da un cardinale per sostenere che l'interruzione di gravidanza è oggi drammaticamente usata, specie in alcune fasce anagrafiche e tra le immigrate, come tardiva alternativa alla contraccezione? Bisogna essere iscritti all'Unione atei per capire che bisognerebbe senza dubbio educare all'amore e alla sessualità, ma che in attesa di tutto ciò invitare i più giovani all'uso del profilattico è un dovere civico in tempi in cui i media trasudano sesso anche nei programmi pomeridiani? Dove persino per venderti un gelato o una macchina ti ammiccano? E poi fingiamo di scandalizzarci quando troviamo ragazzine delle scuole medie che usano il sesso come merce di scambio per una ricarica telefonica. Tra i bacchettoni e i libertari, per una volta, potremmo forse far vincere i realisti.

Non si può cercare di prendere dall'esperienza religiosa solo ciò che fa comodo. I leghisti non possono santificare il clero quando parla di valori etici e poi fingere di non capire il tedesco – e nemmeno l'italiano – quando Benedetto XVI dice «Gesù Cristo era un clandestino». Come ve lo deve dire? In padano? Dall'altro lato la sinistra non può accusare le gerarchie ecclesiastiche di ingerenza quando si parla di bioetica e contemporaneamente chiedere l'intervento dei sacerdoti solo per contestare le abitudini sessuali del premier.

E nemmeno si può pensare di relegare la fede a un fatto privato. Farlo significa compiere un errore culturale straordinario. Quando ciò accade si offre un terribile assist alla destra conservatrice: ne sanno qualcosa i democratici americani che prima di Obama su questi temi hanno saputo solo balbettare la propria timidezza, lasciando libero il campo ai predicatori più oltranzisti.

Il giorno in cui affronteremo con maturità questo tema, fuori dal clima di questi anni, sarà bello e forse utile approfondire con serenità il rapporto tra la cosa pubblica e il «vizio» di credere.

# La maratona elettorale

«Correre una maratona non è altro che una forma di pazzia.»

*John Kelly, vincitore della maratona di Boston*

A metà della lunga campagna elettorale per le primarie, ero messo maluccio nei sondaggi. Non stavamo funzionando benissimo. Cercavamo di raccattare ogni tipo di voto, raschiando il fondo del barile. Andai alla cena del circolo podisti della Nave a Rovezzano. Fu come varcare le porte di un mondo nuovo. Avevo superato le colonne d'Ercole e adesso incontravo i runner, questi sconosciuti. Un po' saranno state le cene elettorali che sommate a quelle natalizie mi proiettavano oltre quota ottantacinque chili. Un po' sarà stata l'invidia per chi era capace di sfidare se stesso. Un po' sarà stato il naturale bisogno di farsi voler bene e prendere qualche voto. Sommate tutti gli un po' e viene fuori l'impegno politico più gravoso della mia esistenza: se avessi vinto le elezioni, avrei corso come sindaco la maratona di Firenze. Applausi timidi e tiepidi dei presenti. Della serie: chi pensi di convincere, nacchero? Tempo un quarto d'ora e non ci pensi già più. L'hai detta, ma sai che non hai molte chance di vincere primarie ed elezioni. Il cuore si acquieta quasi subito e poi è Natale, si sa, ci sono altre cose cui pensare.

Poi però succede che vinci davvero. E che prima uno, poi un altro ti chiedono conto della tua promessa. E tu ti trovi a un bivio. Perché sul rispetto delle promesse elettorali giochi la credibilità. Ma fare una maratona non è uno scherzo, specie per chi come me non ha mai corso neanche una corsa campestre ai tempi della scuola: non ho mai indossato un pettorale, qualcosa vorrà pur dire. Significa prepararsi almeno sei mesi prima, anche se io avrei cominciato ufficialmente solo tre mesi prima, il giorno di ferragosto, dopo aver partecipato alla sagra della cotoletta alla milanese, appuntamento di famiglia al quale non rinuncio mai. Quell'anno però mi tenni leggero: ne mangiai solo sette e poi mi misi a dieta in vista della maratona. Significa preparare le scarpe e gli indumenti, certo: ma soprattutto scoprire l'allenamento del cuore, il ritmo delle gambe, il dolore della schiena, la resistenza del cervello. Significa ritrovarsi a correre lungo l'Arno la domenica mattina alle sette e pensare che quando da ragazzino tornavi al mattino dalla discoteca e vedevi i podisti li etichettavi come dei pazzi, dei malati: oggi sei dall'altra parte della barricata. Ti domandi serenamente dove hai sbagliato.

Ma hai promesso, devi mantenere. Anche se costa una fatica cane, più che cento assemblee con i comitati inferociti. Ti giochi la faccia. Non puoi essere un quaquaraquà: non puoi accettare che qualcuno ti dica «le solite promesse mancate della campagna elettorale». Quando ti alleni pensi che stai combattendo in difesa della dignità delle istituzioni, ti racconti che è giusto farlo, ma dentro di te fatichi a scacciare dalla testa il pensiero che a fare quella promessa sei stato un idiota e se quella sera anziché andare al circolo podisti della Nave a Rovezzano tu fossi rimasto al Comitato elettorale a giocare a tombola avresti fatto più bella figura. Rimpiangi le sedute più noiose del Consiglio comunale e mentre corri al limite delle forze arrivi a sentire la nostalgia persino di quel consigliere di opposizione super pignolo, usualmente simpatico come una dozzina di zanzare in una notte di mezza estate. Correndo però succede di tutto. Ti capita di ritrovare amici di scuola, colti dalla malattia della corsa quasi a sorpresa: li trovi dimagriti sette chili e lì per lì non capisci perché. Ti ritrovi a seguire ciecamente i consigli di Linus che della maratona è ormai signore almeno quanto della radio e a cuocerti un piatto di pasta alle sei del mattino, suscitando l'incredulo orrore della tua famiglia, per avere la giusta dose di carboidrati quando fai il lungo, l'allenamento sulla distanza. Diventi un esperto di complicati orologi satellitari che potrebbero fare persino il caffè ove necessario. E scopri come la differenza di calzino possa incidere in modo devastante sulla tua vita quotidiana del giorno dopo.

Il giorno della maratona Firenze ospita il raduno internazionale dei nuvoloni grigi più cattivi. Lo sfiga-day, in pratica. Il giorno prima sole, il giorno dopo sole. Poteva andare peggio, poteva nevicare. In quel caso sì che avrei fatto il record, ma solo perché rincorso dai fiorentini. Agli Assi, il campo di atletica sotto piazzale Michelangelo punto di partenza della gara, mi ferma un fiorentino che conosco di vista. Mi guarda stralunato.

«Ma allora fai davvero la Maratona?»

«E che devo fare, la finta?»

«No, no, bravo.»

Faccio in tempo a sentire che sussurra al suo amico: «Stai a vedere che per come è messo ci tocca rifare le primarie». Ho sentito complimenti migliori. Scelgo il pettorale numero 714. È il numero esatto di giorni trascorsi dal momento della promessa. Voglio dare il segno di un impegno mantenuto: un politico che non vive solo di parole. Sono circondato dalla simpatia di chi mi sorride in faccia, ma immagino cosa può dire appena mi volto. Non arriverà mai neanche a metà...

Parto accompagnato metro dopo metro da Elena, Uberto e Paolo, tre maratoneti seri. Non ho fatto la preparazione che mi hanno consigliato. Non ho avuto tempo e mi è mancata un po' di forza di volontà. In più mi ero fatto male il mese prima. Tutto cospira contro di noi. Ma passo dopo passo l'impresa inizia a sembrare fattibile. Corro sulle strade della mia città e sono richiamato costantemente al mio lavoro da una buca, da un cartello storto, dalla scritta su un muro, da un parcheggio discutibile. Ma sono anche parte di un popolo di diecimila persone che si mettono in gioco, che sfidano se stesse, che vogliono dimostrare di essere vive. Un popolo di bella gente, lasciatemelo dire. Diventa bellissima gente quando incrocio alla partenza chi ci prova pur avendo difficoltà fisiche, a partire dall'ex pilota di formula uno Alex Zanardi. Ma conosco bene il gruppo dei ragazzi dell'unità spinale di Firenze: ero al traguardo a festeggiare con loro quando la maratona di Firenze venne vinta da Fabrizio Caselli, di Borgo San Lorenzo. Uno di loro. Ragazzi fantastici, non più liberi di muoversi come prima dei traumi, ma in grado di spostare le montagne e di commuovere i nostri cuori con la forza d'acciaio della propria tempra.

Corro, passo dopo passo, rallentando il ritmo negli ultimi dieci chilometri, verso il mitico traguardo dei quarantadue-chilometri-e-cento-novanta-cinque-metri. Quando inizio a respirare l'aria di Santa Croce dove sta il traguardo mi sento strano. Ci sono. Contro tutte le previsioni e le cassandre. Contro le gufate di quei simpaticoni di assessori che ironizzavano e di giornalisti locali che prevedevano un ritiro al massimo a metà corsa, ci sono davvero. Arrivo in quattro ore e quarantadue minuti e prendo una seggiola. Nascondo il volto per qualche minuto dentro un asciugamano con la scusa di riposarmi. Anche perché alle due del pomeriggio, dopo cinque ore, ad aspettarmi ci sono solo gli organizzatori e i giornalisti. Giustamente la gente normale alle due di domenica è a pranzo. E l'idea di piangere davanti ai giornalisti non mi pare entusiasmante. Sì, perché lì sotto, nascosto, piango. Piango come liberazione, piango di nervoso, piango perché non ne posso più, non lo so perché piango: so che piango, con la testa tra le mani, coperto dal mio asciugamano blu.

Mi ripassano in mente le mattinate in cui mi sono alzato prima per correre. I momenti di difficoltà in cui volevo mollare. Gli amici che mi hanno sostenuto. Penso che ci siano poche cose belle come vincere se stesso. E allora torno con la mente a quella serata alla Nave a Rovezzano, con un grazie a chi mi ha messo nel cuore quella promessa e a chi mi ha costretto a mantenerla. Tornato a casa, mio figlio Emanuele – l'esperto dei calendari – chiarisce il piano di guerra. La prossima maratona la facciamo tutti e tre insieme, dice riferendosi al fratello più grande. «E siccome bisogna avere diciotto anni, l'appuntamento è per il novembre del 2021» chiosa. Bene, così ho almeno dieci anni per rifiatare...

Ma anche il percorso per raggiungere Palazzo Vecchio era stato tosto e impegnativo. Tre elezioni: le primarie, il primo turno delle amministrative, il ballottaggio. Dopo aver vinto le primarie contro tutti dovemmo ricompattarci. Molte ferite non erano sanate e una parte del mio stesso partito teorizzava il voto disgiunto. Per fermare il ragazzino scese in campo con una lista civica l'ex ministro socialista e parlamentare di lungo corso Valdo Spini, che con abilità ed esperienza cercava di riunire i tanti scontenti ed era appoggiato anche dai Verdi, teorici del «Chiunque, ma non Renzi». Ci legava un affetto profondo, insomma, al punto da considerare la loro fuga dalla coalizione, nonostante il patto di esplicito sostegno firmato in pubblico, non come un problema atroce, ma piuttosto come un gradito regalo. La destra, dal canto suo, si sentiva forte anche nel cuore della Toscana e tentò a Firenze come a Prato l'esperimento di candidati civici. Per Firenze il Pdl indicò Giovanni Galli, ex portiere della Fiorentina e del Milan oltre che della Nazionale. Giovanni, con cui avevo collaborato per alcune iniziative di solidarietà in Provincia, non aveva il profilo dell'uomo di tv o di sport catapultato nell'arena politica per acchiappare tre voti in più. Certo, aveva vinto il Campionato del Mondo in Spagna, qualche scudetto e qualche coppa dei campioni mentre io al massimo ero arrivato in finale – perdendo – al torneo parrocchiale. E il bello è che mi ero anche fatto espellere sul più bello. Certo, era un volto noto di Mediaset dove parlava di calcio e di sport con competenza, mentre le mie idee sulla tattica faticavano a interessare anche gli amici del Bar Sport. Ma Galli era anche conosciuto nel volontariato per i tanti eventi cui partecipa la fondazione intitolata a suo figlio, Niccolò, vittima della strada neanche diciottenne. Ero il primo a pensare che si trattasse di una persona perbene, e di questi tempi non è poco. Certo, aveva il marchio di fabbrica dei candidati della destra: scelto dopo un accurato casting da Berlusconi e dal suo coordinatore nazionale, il fiorentino Verdini, faticava a ritagliarsi il ruolo della persona libera e autonoma. Ma almeno ci provava. Tuttavia, non era lui il vero problema della campagna elettorale.

L'attacco forsennato, infatti, mi venne portato da sinistra. L'amministrazione precedente negli ultimi mesi era stata oggetto di un ricatto continuo da parte della sinistra radicale, in modo speculare a ciò che era avvenuto a livello nazionale. Molte decisioni attese da anni erano state rinviate. E l'impossibilità di governare in libertà si mostrava ogni giorno su temi diversi.

Decidemmo di non imbarcare tutti. E fummo chiari fin dal principio: potevamo rischiare di andare al ballottaggio, con tutti i problemi che il secondo turno comportava, ma non potevamo rischiare di governare con una maggioranza divisa e litigiosa. Potevamo perdere i quindici giorni del ballottaggio, non i cinque anni della legislatura. Potevamo rischiare e stare sulla graticola quindici giorni, ma almeno non ci avrebbero cucinato a fuoco lento per i successivi cinque anni. Chi avesse voluto stare con noi sarebbe stato il benvenuto. Ma dicemmo no, in partenza, a una trattativa snervante che avrebbe indebolito la forza innovatrice emersa dalle primarie. Facemmo ciò che dovremmo avere il coraggio di fare a livello nazionale. Le sante alleanze contro il nemico funzionano, ammesso e non concesso che funzionino, lo spazio di un mattino. Occorre un'idea condivisa per stare assieme, non solo un avversario da sconfiggere. Perché se no si ripete il più classico dei paradossi, già accaduto negli anni delle rotture a sinistra. Stai insieme non per un sogno, ma per un incubo, l'incubo del nemico. Se riesci a vincere il nemico e sconfiggerlo, non hai più un motivo per stare insieme. E allora ti disunisci e il governo crolla. Vai alle elezioni. E a quel punto vince il tuo avversario che sei riuscito, nella sostanza, a resuscitare. Semplice, no? Può esistere qualcosa di più paradossale?

Se sopporti la Maratona, puoi sopportare tutto. Persino la diffamazione gratuita a mio padre, accusato in volantini rigorosamente anonimi di essere la quintessenza del male, nonché un parlamentare di lungo corso. Mio padre è sempre stato un tipo ricco di fantasia, passione ed entusiasmo. Già professore di ginnastica alle scuole medie, si era dimesso da insegnante lasciando un posto a tempo indeterminato per inseguire una carriera di agente di commercio: era andato a vendere per mezza Italia utensili in legno. Poi aveva mollato tutto e si era inventato un'azienda di direct marketing, dando lavoro a qualche decina di famiglie e dando sfogo alla sua esigenza di costante cambiamento. Politica? La faceva da consigliere comunale, quasi sempre all'opposizione, nel suo comune di seimila abitanti. Mai stato in parlamento, credo neanche in gita scolastica.

Altre polemiche mi inquietavano e mi indignavano. Avverto con dolore la mancanza di attenzione della politica rispetto ai diritti delle persone diversamente abili, soprattutto chi soffre per un problema psichico. Da presidente della Provincia, con l'aiuto di alcune associazioni e di educatori di grande qualità, avevo portato i down dentro le squadre della Polizia Provinciale nel Parco di Pratolino, a contatto con gli animali e con i bambini delle scuole che vi si recano in gita. Avevamo contribuito alla nascita di squadre di calcio o di basket composte da ragazzi con un cromosoma e tanto entusiasmo in più di quelli «normali». Ho negli occhi il gol realizzato da Marco in una partita amichevole tra la loro squadra e un gruppo di amici, nello stadio comunale di Campi Bisenzio. Avevamo promosso la creazione di strutture legate al cibo, bar e ristoranti, in grado di basare il proprio servizio sulla professionalità commovente dei ragazzi down. Quando si trattò di scegliere le immagini della campagna elettorale, decidemmo di non tappezzare Firenze con il volto del candidato sindaco, ma del popolo che lo sosteneva e lo accompagnava. La mamma incinta, la studentessa universitaria, il pensionato allegro, l'immigrato felice, il lavoratore stanco, la nonna premurosa, il genitore preoccupato. I volti che ci circondavano ogni giorno. Non scegliemmo le persone con la faccia giusta, scelte da un'agenzia di quelle giuste. No. Scegliemmo noi. I ragazzi del mio staff mi proposero di inserire anche Edoardo, ventuno anni. Era uno di noi, Edoardo. Il fatto che fosse down non poteva certo essere un impedimento perché potesse stare sui cartelloni, come ambiva a fare. Edoardo lavorava al Ristorante del Sipario, una delle strutture che conoscevamo bene, mentre frequentava l'ultimo anno della maturità. Gioca tuttora a golf, fa teatro, va agli scout. Sua sorella era una mia collaboratrice e tramite i racconti in casa lo aveva coinvolto e lui era felice di essere dei nostri. Da Milano «il Giornale» aprì la polemica e mi accusò di strumentalizzare i down, con un pezzo in prima pagina: «L'Obama bianco sfrutta i down per farsi pubblicità». La polemica mi lasciò senza parole, più deluso che arrabbiato. Penso che la vera disabilità sia unicamente quella di chi non sa amare. Di chi non sa riconoscere la bellezza in occhi che forse non saranno perfetti per i canoni della normalità. Ma che proprio per questo sono speciali. Perché il contrario di normale non è anormale: è speciale.

La sezione locale dei Comunisti italiani voleva appoggiare la mia candidatura e votò democraticamente a stragrande maggioranza: da Roma Oliviero Diliberto espulse la maggioranza, perché no, con Renzi no. Quella di espellere la maggioranza è una buffa innovazione della politica moderna, introdotta da tempo con Rocco Buttiglione. Non mi pare il massimo della democrazia, per così dire, ma certo rivela tratti sociologici non banali. Ah, quanti compagni che sbagliano!

Non che ve ne fosse particolare bisogno, ma questa vicenda incoraggiò il mio netto rifiuto a fare accordi dopo il primo turno con la sinistra radicale. Meglio perdere un voto, del resto, che perdere la faccia. Se non c'erano le condizioni per fare l'accordo prima delle elezioni, perché avremmo dovuto farlo al secondo turno? Solo per la paura di perdere? Avevamo molta più paura di vincere con loro che di perdere da soli.

Mi arrivarono lettere anonime di tutti i tipi, usanza vigliacca e ipocrita di una società senza attributi. Venivano appositamente mischiati fatti reali e balle spaziali e la cosa finì per preoccupare molto alcuni dei miei, che addirittura aprirono un sito per contestare una per una tutte le panzane che giravano sul mio conto. In una, addirittura, si scriveva «E poi Renzi è anche gobbo», che a Firenze significa tifoso juventino. Tifoso gigliato, con l'infanzia irrimediabilmente compromessa dalle lacrime di uno scudetto strappato dalla Juventus in modo discutibile all'ultima giornata (1981-82), rinunciai alla querela per diffamazione verso ignoti solo per rispetto verso l'elettorato bianconero in città. Negli ultimi giorni di campagna elettorale eravamo fiacchi. Diciamolo meglio: non ne potevamo proprio più. Eravamo in campagna elettorale da quasi un anno. Battevamo le stesse piazze da settimane e settimane e persino il mio staff non sopportava più i miei discorsi, le mie battute, i miei propositi. Anche perché spesso ripetevo concetti simili, frasi che ormai conoscevamo a memoria. Avrebbero voluto mettermi il silenziatore persino loro, figuriamoci gli avversari.

E quando la noia sembrava impadronirsi di noi accade un fatto sorprendente: al mercato di Scandicci, dove ero in missione «estera» perché molto frequentato da fiorentini, intravidi casualmente da lontano Lamberto Dini e la sua signora. Avevano parcheggiato con l'autista su un'aiuola e andavano a fare la spesa con la scorta: difficile immaginare uno spot migliore per l'antipolitica. Avevo un conto aperto con Lambertow. L'ho visto zigzagare da uno schieramento all'altro con la stessa naturalezza con cui Alberto Tomba trionfava in slalom speciale. L'ho conosciuto nella Margherita e l'ho visto tornare da Berlusconi. Mi sembra un trasformista. L'ho detto sui giornali e lui mi ha risposto che io sono solo un ragazzino che non ha mai lavorato in vita sua. Visto e preso. Gli vado incontro e civilmente gli faccio notare che io non sono mai stato un alto papavero della Banca d'Italia, è vero. Ma da quando ho sedici anni lavoro anche d'estate e ho fatto di tutto, dalla distribuzione degli elenchi del telefono al volantinaggio. Se faccio politica è perché nutro una passione profonda, non perché mi hanno chiesto di fare il ministro tecnico. Lavoro da anni e posso accettare tutte le critiche, ma non sono uno scansafatiche. Rispetto Dini, la sua età, sua moglie, la sua scorta e persino le sue idee. Le bugie no, grazie. La replica di Dini fu genialmente cinica: «Distribuire gli elenchi del telefono e dare i volantini? Lo chiami lavoro questo?».

Lo chiami lavoro questo? Lavoro è stare in un board, in banca, ai piani alti. Mica spaccarsi la schiena per fare la giornata. Lo chiami lavoro questo? Pensai a come avrebbe potuto reagire a una frase del genere un universitario che si sbatte per cercare di pagarsi gli studi. O un cinquantenne appena licenziato che prova con le unghie e con i denti a rimettersi in gioco. O un precario alle prese con il tormentone del «mi rinnovano il contratto o non mi rinnovano il contratto». O un cassintegrato da mesi in ansia con i suoi colleghi e per i suoi colleghi, con la sua famiglia e per la sua famiglia. Lo chiami lavoro questo?

Per fortuna c'era la gente normale, quella di tutti i giorni, a tirarti su il morale. Il nostro idolo diventò rapidamente una pensionata di Firenze sud.

Supermercato di via del Gignoro. I nostri volontari battevano a tappeto per gli ultimi giorni del primo turno. C'era stanchezza e anche un minimo di apprensione. Ogni contatto doveva essere quello buono, ci eravamo detti, per provare a raggiungere la metà più uno dei votanti (alla fine ci saremmo fermati invece sotto il 48 per cento). Uscì una signora anziana, che aveva appena fatto la spesa.

«Signora, buongiorno, posso darle il volantino di Matteo Renzi?»

«No, davvero. Io ho già deciso chi votare.»

Quando partono così è messa male. Quasi impossibile recuperare. Ma i nostri ci provarono.

«Va bene, signora, ma non si sa mai. Si informi sulle idee di Matteo Renzi e magari decide di votarlo, chi lo sa...»

«Gliel'ho già detto. Non mi interessa. Non insista. Il volantino non glielo piglio. Ho già deciso. Io voto quello giovane, quello col ciuffo un po' così.»

Il viso si illuminò. «Signora, ma allora vota proprio Matteo Renzi.»

«Non lo so come si chiama di preciso. Lo vedo sempre alla televisione a chiacchierare. E chiacchiera parecchio, anche un po' troppo. Però mi ricorda tanto Bobby Solo. E allora ho deciso di votarlo.»

Mi ricorda tanto Bobby Solo. Fai programmi, forum tematici, lanci idee. Però poi alla fine più che l'idea urbanistica fa breccia una lacrima sul viso...

# Il mestiere più bello del mondo

«Bisogna forzare l'aurora a nascere, credendoci.»
*Edmond Rostand*

Il giorno della vittoria alle amministrative ci eravamo trovati tutti insieme al Comitato elettorale. Avevamo allontanato la tensione ridendo e scherzando, mentre seggio per seggio arrivavano i risultati. Il mio vero nome non compariva più in partita: per tutti ormai ero ufficialmente ribattezzato Bobby Solo. E Bobby Solo stava davanti quasi dappertutto. L'ufficializzazione della vittoria arrivò nel pomeriggio. Il tempo di un brindisi, la spaghettata allo storico circolo delle Vie Nuove. E poi di corsa in piazza Santissima Annunziata.

Certi posti non nascono a caso. Piazza Santissima Annunziata fu concepita come la piazza perfetta sia sotto il profilo urbanistico che architettonico. La piazza dell'umanesimo, della centralità dell'uomo rispetto alle cose. E anche se oggi c'è molto da fare per combattere il degrado ambientale che la circonda, volevamo festeggiare l'elezione lì. Lì, davanti alla Basilica in cui ancora oggi molte spose fiorentine lasciano il bouquet alla Madonna. Lì, nella piazza dove i bambini a settembre portano le loro lanterne per la festa della Rificolona. Lì accanto allo Spedale degli Innocenti, un luogo fantastico. Il primo luogo dove i bambini illegittimi potevano essere abbandonati alle premurose cure delle suore nel Medioevo e venivano ribattezzati Innocenti. Il luogo che rappresenta l'attenzione che Firenze riserva da secoli alla carità, alla solidarietà, alla socialità. Questa città è veramente particolare. Nella sua storia ha conosciuto figure gigantesche che hanno segnato il cammino dell'umanità intera. Eppure va fiera, secondo me giustamente, di piccoli segni. Protagonista di uno dei più belli è sicuramente ser Filippo Brunelleschi. Un genio. Capace di rischiare, di osare, di sperimentare. Dopo una storia degna di una fiction è finalmente autorizzato a costruire la cupola del Duomo. Ma il suo progetto è contestato: i professionisti del suo tempo dicono che non può stare in piedi. Lui insiste. E vince. E la cupola del Brunelleschi diventa sinonimo di coraggio e bellezza, di rischio e di innovazione insieme. Ma per i fiorentini Brunelleschi non è solo la cupola. È lo stesso che viene chiamato per realizzare il Salone degli Innocenti. Lo stesso uomo che concepisce la struttura architettonica che deve unire il cielo alla terra, il popolo a Dio, viene chiamato in un luogo destinato agli ultimi, agli abbandonati, agli emarginati. C'è lo spirito di ser Pippo Brunelleschi nella piazza Santissima Annunziata che ospitò i nostri sobri festeggiamenti. E insieme a lui l'orgoglio di una città che vanta il record di associazioni pro capite, di volontari.

Dedicai la vittoria ad Alessia, mia compagna di strada in Provincia e giovane sindaco di un piccolo comune, San Piero a Sieve. Abbiamo molti libri in comune e qualche idea diversa su tante, piccole e grandi questioni. Ma ci unisce una passione sconfinata per la politica e l'amore smodato per una vita piena di significato, amore che si rafforza in quella campagna elettorale nella quale Alessia combatte una battaglia molto più dura della mia, la battaglia più cattiva, quella contro il cancro.

Al momento del passaggio di consegne, dopo dieci anni di governo locale, Leonardo Domenici mi affidò la sua fascia. Siamo molto diversi, caratterialmente e politicamente. Nel momento del massimo scontro lui si era esposto personalmente e pubblicamente per bloccare la mia candidatura. Molti dei volontari della mia campagna elettorale lo avevano per questo considerato il nemico numero uno.

Ma in realtà provavo nei suoi confronti stima e rispetto. E gli sono grato per lo stile che tenne alla fine di questa lunga vicenda.

Non mi erano grati invece i ragazzi del Comitato elettorale. Perché appena indossai la fascia rispolverai una delle mie citazioni preferite, che indusse i collaboratori più stretti a pensare che avessi già imboccato senza possibilità alcuna di fermata la strada dell'arteriosclerosi. Era la citazione di Bono Vox, il leader degli U2, che dice «I politici sono depositari dei sogni della gente». Mi sentivo terribilmente responsabile dei sogni della comunità, dei suoi desideri più belli e tutto ciò mi inquietava e mi caricava allo stesso tempo. Con buona pace di chi mi stava intorno che mi lanciava occhiatacce piuttosto significative: «No, ancora Bono Vox, basta!».

I primi giorni furono frenetici. E ogni gesto acquisiva la forza del simbolo. La mattina alle sette e mezzo ero alla messa a San Marco, per pregare sulla tomba di Giorgio La Pira. Che ora era un predecessore. Se me l'avessero detto mentre nelle stanze di via dell'Oriuolo lavoravo alla tesi, mi sarei sbellicato dalle risate alla sola ipotesi, tanto mi sarebbe apparsa impossibile. Ma prima di essere un sindaco, rimane per Firenze e per i fiorentini un santo, il santo della povera gente. E con i santi è un po' dura fare i conti...

Non ero ancora entrato in carica che partecipai a una manifestazione di solidarietà ai ragazzi dell'Onda Verde iraniana. Erano i giorni della ribellione al regime che soffocava nel sangue l'istinto alla libertà di un popolo, soprattutto giovane, che meritava il nostro sostegno. Pensai agli occhi di Neda, la ragazza divenuta purtroppo il simbolo della violenza del regime: è morta con gli occhi aperti, sbarrati.

E quegli occhi spalancati sulla vita obbligano noi a non chiudere i nostri, a non mettere la testa sotto la sabbia. Se sei Firenze hai il dovere di far sentire la tua voce anche in vicende come questa, non solo sulla riorganizzazione della centrale semaforica di Novoli.

La massima onorificenza della città di Firenze è il fiorino d'oro. Da sindaco decisi di consegnarlo a Stefano Borgonovo, l'ex centravanti della Fiorentina che combatte con un coraggio esplosivo l'atroce battaglia contro la Sla, sclerosi laterale amiotrofica. Borgo-gol come gli cantavamo noi ragazzi allo stadio è davanti alla difesa più difficile: una malattia che devasta, che egli per primo chiama «la stronza». Andai a trovarlo a Giussano, in Brianza, per annunciargli la decisione. Arrivai in ritardo e mi scusai. Dal suo sintetizzatore vocale mi rispose: «Non preoccuparti, non mi sono mosso». Saper sorridere di sé, saper mettere a proprio agio l'interlocutore in una situazione difficile, saper vivere. Anche questi sono valori, straordinari valori. Parliamo di calcio, di Firenze, del riconoscimento. Della malattia. Della sua voglia di assistere a una partita della Fiorentina dalla sua curva Fiesole, desiderio che sarà realizzato grazie alla collaborazione del Comune, ma soprattutto dei tifosi viola che si fanno in quattro per esaudire questo sogno.

Nel primo anno sgomberiamo tre grandi strutture abusivamente occupate da anni. Lo facciamo senza la forza pubblica e la Digos, ma lo facciamo. Lo facciamo con la Polizia Municipale, e con i nostri servizi sociali, facendoci carico di individuare soluzioni a situazioni di piena emergenza. Ma lo facciamo. Perché il rispetto delle regole non è di destra o di sinistra. È un elementare principio di giustizia. È difficile parlare di certi argomenti senza avere impressi certi volti. Quello del somalo, rifugiato di guerra, che ha visto scene atroci e che scappa dall'orrore: un volto composto e straordinariamente bello nella sua dignità. Pronto ad ogni sacrificio pur di ripartire in modo serio. E accanto il volto di un suo compagno di occupazione, ubriaco fradicio fin dal mattino, che si è procurato lo status di rifugiato di guerra non si sa bene come e che si lamenta con i nostri operatori perché pretendono che lasci a terra la cassa di birre per salire sul pullman che lo porterà a iniziare un percorso vero di inserimento. Ha tante facce e tante sfaccettature il volto della legalità.

Essere per la sicurezza non significa essere per le camionette nelle strade o per le ronde. Significa volere piazze vive, città libere e aperte, cultura fino a notte inoltrata. Significa illuminare di più e meglio le città. Significa investire nel tessuto associativo e sulla responsabilità dei cittadini. Significa eliminare il coprifuoco mentale che a una certa ora immobilizza i nostri quartieri e paralizzare i nostri sogni. Significa vincere la paura non con la minaccia ma con la vita.

In Italia si è rivelata quasi tragicomica la discussione

sulle ronde: settimane e settimane di dibattito e di discussione. Sembrava che non ci fosse altro problema nella top ten delle italiche preoccupazioni. Il governo Berlusconi disciplina la possibilità per i comuni di istituzionalizzare il servizio delle ronde: polemiche arroventate in parlamento e sui giornali. Poi guardi i numeri e vedi che in tutta Italia le ronde si contano sulle dita di tre o quattro mani.

La destra non ha fatto nulla, se non alimentare la paura e l'ansia. La risposta tecnico-amministrativa infatti suona ridicola e insignificante, almeno a giudicare dal numero di iniziative realmente messe in atto. Però c'è un dato politico straordinario: la destra ha occupato lo spazio del terrore, almeno a livello psicologico, costringendo la sinistra a rincorrerla su un terreno scivolosissimo. Noi dobbiamo evitare di farci stringere d'assedio, andando all'attacco e spostando il gioco dal campo del terrore ideologico alla concretezza dei fatti. E riscoprire anche a Firenze, anche a sinistra, il tema della legalità e delle regole diviene dunque prioritario.

Me ne ha data una conferma autorevole Tony Blair, toscano d'adozione fin da quando era premier, in vacanza presso una famiglia di amici in Chiantishire. Un incontro in una casa privata, uno di quelli che avrei dovuto evitare, secondo i puristi della politica. Ho avuto la possibilità di scambiare due parole in libertà con quello che ritengo uno dei pochi punti di riferimento mondiali di una sinistra vincente e convincente. E quando al termine del pranzo gli domando cosa occorre per vincere, anche in Italia, la risposta è secca come un paragrafetto del documento politico che segnò la svolta del New Labour. Innovazione, sviluppo economico, legge e ordine. Dice proprio così, legge e ordine, neanche fosse un telefilm americano. Gli domando se davvero pensa che queste siano le carte più importanti per il centrosinistra italiano. Mi risponde: «Non mi hai chiesto quali sono i valori più significativi. Mi hai chiesto cosa fare per vincere. E se non risolvete questi nodi non vincerete mai».

Quando ci provi non tutto ti va bene. Non sempre sono tutte rose e fiori. Anzi. Le sconfitte che bruciano non sono poche. Gli errori che fai tu, le polemiche che ti montano gli altri, le bucce di banana che non riesci a evitare. Fare un percorso netto, senza inciampare mai, in politica è impossibile. Credo che sia fondamentale riconoscersi dei limiti e avere il coraggio di dirlo. Perché suona insopportabile il ritornello di chi attribuisce sempre le responsabilità agli altri. L'importante è avere sempre il coraggio di guardarsi in faccia con lealtà. Penso che la lealtà sia un valore ancora più grande della legalità. Perché la lealtà non è solo l'adesione a una norma scritta, ma il gusto di guardarsi ogni mattina nello specchio con dignità. Solo così puoi accettare anche le batoste. Come quando la Corte dei Conti mette sotto processo tutti gli assessori della Provincia perché l'inquadramento delle segreterie pare non corrispondere alla correttezza normativa. I tuoi tecnici ti dimostrano che gli atti firmati (peraltro firmati dagli uffici, non dai politici) sono del tutto rispettosi delle leggi e dei regolamenti. Ma ritrovi il tuo nome sparato a tutta pagina sul giornale con l'accusa di danno erariale. E ti girano le scatole perché sai che in Provincia hai ridotto le spese e l'istituzione costa al cittadino meno di quanto costasse prima del tuo arrivo. Tutti i numeri lo dicono con chiarezza. Avresti voglia di gridare allo scandalo e chiedere che il magistrato contabile risponda del suo atteggiamento. Ma non puoi farlo. Devi guardarti dentro e difenderti, a viso aperto.

Anche perché non sono questi i veri problemi. Ci sono tante feste a dicembre. Le cene, le convention, gli auguri. Ci sono anche i compleanni, ovviamente. Sono invitato al diciottesimo compleanno di un fiorentino. L'appuntamento è al vecchio Teatro Tenda, sulla riva dell'Arno. Ci sono centinaia di ragazze e ragazzi, ma gli occhi sono lucidi. Perché manca il festeggiato. Lo hanno ucciso per la strada sei mesi prima. Lo hanno ucciso mentre stava tornando a casa e il guidatore dello scooter è risultato ubriaco e drogato. Lorenzo, numero dieci in campo e fuori, come recita lo striscione dei suoi amici, non c'è. Ma i suoi genitori e sua sorella hanno voluto comunque dedicargli una festa per ricordarlo, ma anche per sensibilizzare la città sul problema degli incidenti stradali. Ho conosciuto tanti familiari delle vittime della strada. Hanno reazioni diverse. Qualcuno trova la forza per ripartire, altri si bloccano del tutto. Ma quando ne scruti il volto, ne intuisci lo sguardo, ti rendi conto che non li stai affrontando da sindaco, ma anche tu da genitore, da cittadino, da uomo.

Cerco di onorare l'impegno che mi hanno chiesto in tanti, durante la campagna elettorale più lunga di Firenze. Fare il sindaco, del resto, significa non staccare mai. Significa ricevere una lettera di Andrea, nove anni, che propone una giornata di pulizia per la città («perché, caro sindaco, a me il mio quartiere sembra sporco») e coinvolgere più di duemila persone, tutte insieme, e significa ricevere i rimbrotti di chi ti dice «C'è troppo degrado qui in centro» e mentre lo dice butta la sigaretta in terra che ti verrebbe voglia di fargliela dolcemente raccattare con la lingua, stringendo con delicata tenacia il lobo del suo orecchio fino a farlo strisciare in terra. Significa correre in aereo, a Catania, in una domenica di giugno, per vedere le pallanuotiste perdere di un punto la gara decisiva per lo scudetto: perché lo sport in una città non è solo calcio. Significa passare il Ferragosto all'ospedale pediatrico Meyer, accanto a ragazzi come Gianluca che stanno compiendo l'ultimo miglio con una speranza e una forza che tu giudichi disumana, e significa raccogliere storie di ordinaria buona sanità quando il turista inglese in vacanza in città si ritrova con la bimba da tre giorni a letto per una polmonite e ti dice «grazie per la vostra attenzione ai bambini». Significa fare il primo viaggio in tramvia alle sei del mattino di una fredda domenica di febbraio e significa spalancare i cortili di Palazzo Vecchio per ridare respiro alla casa dei fiorentini. Significa fare disobbedienza civile contro le assurde norme europee sul cibo che vogliono cancellare il panino con il lampredotto e il gottino di vino ed essere costretto come contrappasso a mangiarti un panino con il lampredotto con quaranta gradi davanti a dieci telecamere, alle sei del pomeriggio. Significa fare festa per il compleanno di un centenario ma significa sentire su di te il dolore per un incidente stradale che strappa per sempre la vita a un ragazzo che se ne va e alla sua famiglia che rimane a tentare di sopravvivere. Significa passare in piena notte a visitare il reparto in cui un tuo amico medico, bravo e competente, Beppe Spinelli, opera un ragazzo di vent'anni, colpito con furia cieca da un altro ragazzo perché «colpevole» di essere omosessuale, e ti domandi se anche la civile Firenze può arrivare a episodi di questo genere. Significa provare dolore di fronte a situazioni che non riesci a risolvere e di cui ti senti responsabile, come quella di un padre che non riesce più a mandare avanti la propria famiglia perché i soldi stavolta sono finiti davvero. Significa incontrare un bambino che hai visto in una scuola, durante i giri del martedì: lui ti vede, tu lo saluti e gli dici «Cerca di fare il bravo, Giacomo». Lui ti guarda e tutto compunto ti risponde: «Cerca di fare il bravo anche te, Matteo». Significa vivere l'emozione di un concerto del Maggio diretto dal Maestro Zubin Metha e capire che il linguaggio universale che parla la musica scalda i cuori anche di chi è abituato a vivere al freddo. Significa dover litigare contro uno stilista famoso che ha una pedana davanti al suo locale, ma quella pedana toglie spazio al gioco dei bambini della scuola materna lì davanti, e tu stai dalla parte dei bambini e dei loro spazi vitali: l'arcobaleno dei loro sogni esige una città, non una vetrina. Significa prendersi giustamente gli insulti dei fiorentini quando nevica e la città non è attrezzata (un cartello in piazza Beccaria recitava «O Renzi, col sale che hai sparso non condisco nemmeno l'insalata!») e significa spostare gli orari del trasporto scolastico perché un bambino ti scrive che arrivando tardi in classe non riesce ad andare bene a scuola: e lui, che è rom, ha una voglia più grande degli altri di andare bene a scuola! Significa celebrare matrimoni, cerimonie in cui sfila una varia umanità: quelli che hanno la curva di tifosi con sé, quelli che portano la colonna sonora ma hanno sbagliato il cd e si ritrovano con gli 883 al posto di Bach, quelli che ci ripensano e non si presentano e tu vorresti sprofondare perché non sai come spiegare la situazione agli invitati, quelli che sono commossi prima ancora di iniziare e quelli che invece ti correggono sul rito «perché, guardi, sindaco, io sono esperto: è già il quarto matrimonio!». Significa vivere un momento molto bello ma anche difficile quando sai che lo sposo ha un tumore e pochi mesi di vita e intorno a lui ci sono soltanto gli amici più stretti o quando la sposa è una tua amica che viene dal Rwanda e ha perso tutta la famiglia nel terrore di quei giorni assurdi, mentre la comunità internazionale assisteva colpevole e silente al genocidio.

Nel luglio 2010 l'Ambasciata teatrale, di Fabio Picchi e Maria Cassi, mi ha chiesto di provare a declinare in termini fiorentini la celebre riflessione di Pericle su Atene. Nel mio piccolo ci ho provato volentieri. Noi a Firenze facciamo così.

Noi a Firenze pensiamo che la politica sia una sfida e non un problema, un sogno e non un incubo, un servizio e non un carrierificio. Noi a Firenze facciamo così.

Noi a Firenze pensiamo che la felicità non venga dal successo ma che l'unico successo sia essere veramente felici. E poniamo il nostro onore nel meritare la fiducia di chi ci vuole bene. Noi a Firenze facciamo così.

Noi a Firenze pensiamo che i medici debbano curare le persone, non denunciarle. E crediamo che l'altro sia una miniera di suggestioni, non un coacervo di ossessioni. E vogliamo vivere a viso aperto, non asserragliati nelle paure. Noi a Firenze facciamo così.

Noi a Firenze pensiamo che i musei e le biblioteche debbano stare aperti fino a mezzanotte e offrire un'alternativa alla prima, alla seconda e anche alla terza serata televisiva. Pensiamo che sia commovente far declamare Dante da mille persone in mezzo alla strada, nei vicoli, negli angoli bui della nostra quotidianità. E pensiamo che la musica educhi il cuore al bello: e quando possiamo apriamo i nostri teatri e mettiamo i maxischermi col Maggio Musicale nelle nostre piazze. Noi a Firenze facciamo così.

Noi a Firenze pensiamo che una piazza di mestiere debba fare la piazza, non l'incrocio autostradale. Quindi dove possiamo pedonalizziamo, senza indugio. E quando c'è da decidere, si decide: non si nomina una commissione per decidere fino a quando si rinvia la decisione. E vogliamo che ogni cittadino abbia una piazza, un parco, un giardino a meno di dieci minuti a piedi da casa: perché l'urbanistica si fa occupandosi degli spazi da tenere vuoti, non solo degli spazi da riempire, di cemento e di banalità. Noi a Firenze facciamo così.

Noi a Firenze vogliamo vincere, altro che partecipare. Ma sappiamo da molto tempo, per esperienza diretta, che è meglio secondi che ladri. Noi a Firenze facciamo così.

Noi a Firenze dobbiamo tutto alle donne. È per l'intelligenza di una donna che è stato salvato il cuore della città. È per la nostalgia di due donne che c'è molta Firenze a Parigi. È per gli occhi di una donna che è stato scritto il più grande capolavoro della letteratura mondiale. Noi a Firenze combattiamo la mercificazione della donna, la sua umiliazione, la costrizione nel ruolo di portatrice sana di lato B che tanta parte del mondo (anche politico) di oggi vorrebbe. Noi a Firenze facciamo così.

Noi a Firenze facciamo così. Ci piace il Palazzo Vecchio, ma vogliamo le facce nuove. E pensiamo che il ricambio generazionale non sia un tema da convegni, ma una possibilità da osare, una risorsa da usare. E pensiamo che chi fa politica debba rischiare, senza avarizia, mettendosi in gioco fino in fondo. Noi a Firenze facciamo così.

Noi a Firenze facciamo così. Quando abbiamo un grande architetto gli facciamo fare la cupola del Duomo, ma anche il salone degli Innocenti: il luogo di Dio, ma anche il luogo degli ultimi. Perché noi a Firenze pensiamo che si può essere solidi solo se si è solidali. E che si può custodire la bellezza solo se si è capaci di regalarla. Noi a Firenze facciamo così.

# Il rottamatore

«Al passato grazie, al futuro sì.»
*Dag Hammarskjöld*

Noi a Firenze facciamo così. Ma loro a Roma, nei palazzi romani, no che non fanno così. E allora la vicenda si complica. Perché la nostra città non sta in un cantuccio sperduto della Via Lattea, all'incrocio con qualche galassia lontana. Firenze è nel cuore di un'Italia ferma, bloccata, impaurita. Di un'Italia che spreca i calci di rigore per la paura di provarci e che nasconde i tanti talenti dietro la rassegnazione e la monotonia di una politica deprimente. Un'Italia che avrebbe bisogno di un governo in grado di lavorare e non di traccheggiare e che si ritrova appesa per mesi alle dichiarazioni dell'onorevole Bocchino e ai lanci di agenzia in replica dell'onorevole Cicchitto. Se vent'anni fa avessero detto ai signori della Prima Repubblica che il nuovo che avanza si sarebbe chiamato Bocchino o Cicchitto, si sarebbero fatti una sana risata di incredulità. E invece è così. Quando Gasparri e La Russa dicono che loro stanno organizzando non una corrente ma un'area culturale, viene naturale chiedersi se stai ascoltando il Giornale Radio o piuttosto l'imitazione di Marco Baldini e Fiorello.

I grandi progetti di riforma del Paese su cui il centrodestra ha vinto, anzi stravinto le elezioni, si sono bloccati nello scontro tra Berlusconi e Fini. Per mesi tutto è restato sospeso. Ma il centrosinistra non sembra capace di reagire, rilanciando. Anzi. I nostri sembrano in bambola. Li senti parlare in slang politichese puro e ti verrebbe da chiamare un dottore per chiedere: «Scusi, ma a questi l'anestesia quando finisce? Quando si svegliano davvero?». Che il centrosinistra viva una fase di lontananza dalla realtà è cosa nota e risaputa, purtroppo. Basta che i vertici appoggino un candidato nelle primarie locali per farlo perdere. Come minimo portano sfortuna, potremmo dire. E quando accade, anziché avere il coraggio di commentare: «Ok, scusate, questa l'abbiamo proprio ciccata, non abbiamo capito cosa stava accadendo», davanti ai giornalisti il ritornello è sempre quello: «Gli elettori non ci hanno capito». Non ti hanno capito loro? Sei tu che vivi in una bolla separata dalla realtà. Commentare una sconfitta in questo modo ricorda la barzelletta di quel matto che entra dall'accesso sbagliato in autostrada e chiama la polizia dicendo preoccupato: «Attenzione, qui vanno tutti contromano».

Vanno tutti contromano. Va contromano anche il personaggio dell'anno 2010, il presidente della Camera, Gianfranco Fini. Per quasi vent'anni lui e Berlusconi sono stati due facce della stessa medaglia, sembravano Cip e Ciop, inseparabili. Poi per motivi personali o di successione, non si è ben capito, Fini si è accorto che il Cavaliere presentava «alcune anomalie». Come dire: Fini ci ha messo solo diciassette anni per capire che l'uomo che lo ha sdoganato è il proprietario di diverse reti televisive, di giornali, di un grande impero economico. Diciassette anni rispetto all'eternità non sono tantissimo, per carità. Ma difficile assegnargli il premio «Fulmine», mettiamola così. Scatta un conflitto interno al centrodestra tanto drammatico quanto divertente: si scoprono le residenze all'estero dei cognati, le baruffe interne tra persone che hanno condiviso tutto per una vita, i festini a base di sesso. Sembra *Beautiful*, con qualche colpo di scena e tradimento in più e un po' di pubblicità in meno.

Mi matura con forza l'idea di dover chiudere con questa generazione quando vedo la corrispondenza d'amorosi sensi tra Fini e una parte della sinistra. Io non ce l'ho con Gianfranco Fini. Lo considero per quello che è: un uomo di destra, che cambia idea sulla base della tattica e della convenienza del momento. Ciò di cui non mi capacito invece è che alcune personalità della sinistra lo considerino un riferimento, un alleato e talvolta addirittura un modello. Che provino a farci un accordo, un bell'inciucio vecchio stile. E c'è persino qualche fantasioso esteta che addirittura ci farebbe un governo. Mi sembra tutto così allucinante. Fini è lo stesso che andava da Saddam Hussein insieme al leader xenofobo francese Jean-Marie Le Pen a portare la solidarietà dei loro movimenti a quell'Iraq contro cui le Nazioni Unite avevano l'embargo nel 1990. Fini è lo stesso che ha definito Mussolini lo statista del secolo, che ha parlato del fascismo come seme della nostra storia, che ha firmato la richiesta di abrogare la disposizione costituzionale che vieta la ricostituzione del Partito Nazionale Fascista. Oggi Fini gioca a fare il leader sui diritti civili ma da qualche parte deve aver nascosto un fratello gemello che voleva negare agli omosessuali di insegnare nelle scuole elementari. Oggi Fini si presenta come l'interlocutore della sinistra sui temi dell'immigrazione, ma da qualche parte deve aver nascosto un fratello gemello che ha firmato una legge che prende il nome dal suo e da quello di Bossi. Oggi Fini si lamenta della concezione padronale della politica berlusconiana, ma da qualche parte deve aver nascosto un fratello gemello che in questi vent'anni ha preso diligentemente gli ordini dal capo.

Intendiamoci: meglio così. Diciamo solo che se, come dice qualcuno, cambiare idea è segno di intelligenza, diventa difficile negare che Fini sia un autentico genio.

Può esistere qualcosa di peggio che questa metamorfosi apparentemente inspiegabile? Certo. Quando uno tocca il fondo può sempre iniziare a scavare. Per scoprire, ad esempio, che c'è una parte di dirigenti del Partito democratico che si è invaghita di Fini. Che lo ascoltano con gli occhi sognanti, immaginando governi tecnici, alleanze istituzionali, comitati di liberazione nazionale per rovesciare Berlusconi con un accordo parlamentare di tutti contro Silvio. Una grande ammucchiata. Un'ammucchiata parlamentare, intendo: di questi tempi sempre meglio precisare...

Non so chi sia il pazzo che va contromano in autostrada. Nel dubbio, intervengo. Rilascio un'intervista a «Repubblica» a fine agosto 2010 e dico che non ha senso inseguire Fini e rincorrere l'antiberlusconismo. Non cambieremo niente continuando a pensare che quello che viene definito «il caimano» costituisca il nostro grande alibi. Dobbiamo dire quello che pensiamo noi, quello che vogliamo noi, quello che siamo noi. Non inseguire formule aride, proclamate in politichese stretto, capaci di suscitare solo sonori sbadigli. Dico basta e chiedo che un'intera classe dirigente venga rottamata. Lo statuto del Pd ci darebbe una mano perché impone che dopo tre mandati in parlamento ci si faccia da parte per fare spazio ad altri. È una di quelle norme talmente ben fatte che non la rispetta nessuno. Dico che loro hanno fallito, che tocca ad altri cambiare la sinistra per cambiare l'Italia. E da subito premetto che io faccio il sindaco, dunque non sto avanzando una candidatura perché non ho niente di meglio da fare. No, io non sono della partita. Ma mi sono reso conto, parlando con le persone normali, quelle che stanno fuori, che il grande paradosso del nostro tempo è che l'Italia ha un terribile bisogno di una sinistra credibile e capace di vincere. Però il principale ostacolo è rimuovere quel gruppo dirigente che ha già fatto il proprio tempo. In Italia si ritengono tutti intoccabili e determinanti. Nessuno che si faccia da parte, nessuno che dica basta. Eppure, spiace dirlo, la generazione che guida il Paese ormai da vent'anni ha fallito. Qualcuno ha lavorato meglio, qualcuno peggio: nessuno di noi può essere così arrogante e superficiale da uniformare il giudizio. Le pagelle si danno a scuola, non in politica. Ma non c'è chi non veda che questa generazione ha fallito il proprio compito nella guida al cambiamento. Hanno rotto e per il momento non si decidono neanche a lasciarci i cocci. L'attuale classe dirigente del Paese ha già avuto la propria possibilità di cambiare le cose. Qualcosa è stato fatto, per carità. Nessuno ha il diritto di dipingere con una visione manichea e ideologica tutto il passato. Ma è constatazione palese, evidente agli occhi della stragrande maggioranza dei cittadini, comunque la pensino, chiunque votino, che questa generazione ha sprecato il proprio colpo in canna. E non è che cambieranno le cose se la lasceremo lì a vivacchiare.

Non passa giorno senza che qualcuno minacci di andarsene dal Pd. Del resto l'abbandono della nave è accaduto a tanti, eletti con il nostro simbolo e poi passati altrove. Io non ho niente contro chi matura una tale amarezza rispetto al progetto in cui credeva, da fare le valigie e cercare fortuna altrove. Come tutte le persone capaci di scegliere, chi compie questo passo merita rispetto. Ma penso che una naturale norma di correttezza imporrebbe che quando lasci il partito grazie al quale stai in parlamento dovresti anche lasciare il tuo seggio. Perché è vero che non c'è vincolo di mandato per il deputato e il senatore. Ma è anche vero che non è accettabile usare i simboli dei partiti come taxi, da cui si sale e si scende senza problemi.

Io il Pd non lo abbandono. Anzi. Credo che il nostro compito, oggi, sia quello di restituire dignità al nostro stare insieme. Ma sogno un Pd che sia capace di ridare speranza. E per costruirlo non si può aver paura di chi esprime idee, le motiva e chiede di confrontarsi. Qualcuno dice che per i miei interventi sulla rottamazione dovrei essere portato a giudizio davanti ai probiviri o alla vecchia commissione disciplinare. Qualcun altro, prima o poi, spiegherà a questi talebani dell'ortodossia, più realisti del re, che lo statuto lo viola chi si candida per più di tre volte, non chi fa la sua battaglia sui contenuti a viso aperto.

Sulla parola «rottamazione», e solo su quella, si scatena una polemica incredibile. Il primo giorno la consegna è quella del silenzio, non mi risponde nessuno. Ma dal giorno dopo l'espressione rottamazione viene vivisezionata da centinaia di commenti. I malevoli spaziano dal «Renzi è vuoto come una zucca e cavalca slogan di facile effetto» al più articolato «Renzi è maleducato, speriamo che quando sbadiglia si metta la mano davanti alla bocca». Risposte nel merito, insomma. Alta politica, direi. La contestazione terminologica sull'espressione rottamazione mi terrà compagnia a lungo. Segno che la frase è passata: avessi semplicemente auspicato un ricambio generazionale non mi avrebbe filato nessuno. Avessi detto che «compito istituzionale di chi ha già svolto oltre tre mandati consiste nel lasciare lo scranno dedicandosi a una più intensa attività di militanza» forse non si sarebbero offesi, ma sicuramente non mi avrebbero neanche considerato. Neanche di striscio.

La parola rottamazione, invece, funziona. Nel bene e nel male diventa un mini topos letterario. La usano i miei concittadini, scrivendo sui muri di edifici da abbattere: «Renzi, guarda se tu rottami almeno questo!». La usano i miei avversari politici, quando mi succede qualcosa che non va: «Rottamiamo il rottamatore». La usano i giornalisti ogni tre per due, anche quando parlano di altri temi. E naturalmente la usano tutti quelli che non conosco di persona quando mi vedono fuori Firenze: che sia l'operatore allo skilift dell'Abetone quando vado qualche giorno sulle nevi toscane o un arzillo vecchietto che scendendo dal treno a Roma Termini mi grida entusiasta «Vai che vai bene, rottamali tutti!». Visto il successo dell'espressione, penso, sarà più che facile che provino a rottamare velocemente me.

Qualche volta faccio fatica a spiegarla per quella che è: non un inno al giovanilismo senza cervello, ma la fisiologica esigenza di ricambio in parlamento. Mi prende un tuffo al cuore quando incontro qualche anziano fiorentino che mi dice: «Ma non vorrai mica rottamare anche noi?». Mi domando quanta arroganza abbia mostrato con questa espressione agli occhi di persone che hanno l'età di mio nonno. E mi chiedo più volte se non abbia sbagliato. «No che non voglio rottamare voi, voglio solo che il parlamento cambi un po' di quelle facce che sono lì da una vita», provo a spiegare durante le tombole cui partecipo come sindaco o durante gli incontri che una volta al mese si tengono nella Sala delle Udienze, il luogo di Palazzo Vecchio dove i coordinatori dei trentadue centri anziani cittadini mi dicono la loro sulla situazione della città, dalle buche al trasporto pubblico locale.

Ma i dubbi di opportunità mi passano quando qualche messaggero in missione speciale si incarica di darmi lezioni spicciole di buona educazione applicata. Per esempio una senatrice al venticinquesimo anno di attività in parlamento, che in occasione di un'iniziativa politica a Firenze dichiarò che il sindaco di questa città è un maleducato, che manca di rispetto al Partito democratico. Alè! Dunque, Firenze è l'unica città italiana in cui il Pd ha la maggioranza assoluta dei consiglieri comunali. E ce l'ha perché i consiglieri eletti con le liste civiche del sindaco (lista Renzi e lista Facce Nuove in Palazzo Vecchio) hanno deciso da subito di far parte della grande scommessa democratica, solo per questo. A Firenze il Pd maleducato vince e convince. Altrove no. La senatrice in questione, ad esempio, si è candidata alla guida della Sicilia ed è stata quasi doppiata dall'avversario. Ma dopo pochi mesi appena, con il suo consenso i democratici siciliani sono passati alla maggioranza, sostenendo lo stesso governatore, Lombardo, che l'aveva elettoralmente umiliata. Professionista della sconfitta, doppiata a casa sua e poi alleata con quello che l'ha battuta. Viene a Firenze, città in cui abbiamo la maggioranza assoluta, a darci lezioni di educazione: gioca a fare la Montessori, quando in realtà ha un atteggiamento da Tafazzi. Ci rifletto attentamente e mi dico: rottamazione subito, senza incentivi.

Compariamo solo per un attimo le grandi democrazie occidentali. Prendiamo le foto di gruppo dei vertici internazionali svoltisi in Italia negli ultimi vent'anni. Sono tre. Il G7 di Napoli del 1994, il G8 di Genova del 2001, il G8 dell'Aquila nel 2009. Facciamo mente locale.

Nel 1994 a Napoli gli Usa erano rappresentati da Clinton, i francesi da Mitterand, gli inglesi da John Major, i tedeschi da Kohl. L'Italia invece aveva come premier Silvio Berlusconi, mentre la sinistra, sconfitta alle politiche, affrontava un duro confronto interno tra Massimo D'Alema e Walter Veltroni.

Nel 2001, a Genova, gli Usa avevano Bush, la Francia Chirac, il Regno Unito Tony Blair, la Germania Schroeder. L'Italia invece Silvio Berlusconi, mentre la sinistra, sconfitta alle politiche, affrontava un congresso tosto, a Pesaro, tra il candidato di Massimo D'Alema e quello di Walter Veltroni.

La foto di gruppo del 2009 all'Aquila presenta Barack Obama per gli States, Sarkozy per la Francia, Brown per gli inglesi, la Merkel per la Germania. L'Italia invece aveva come premier Silvio Berlusconi (chi l'avrebbe mai detto), mentre la sinistra, più attenta all'innovazione, aveva deciso di cambiare qualcosa. Quell'anno dunque perdeva le europee e non le politiche – anche perché le politiche le aveva perse l'anno prima, portandosi avanti sul programma – e sceglieva di fare le primarie anziché il solito appassionante congresso: ovviamente la sfida era tra il candidato appoggiato da Massimo D'Alema e quello sostenuto da Walter Veltroni.

Ci sarebbe da ridere, se non ci fosse da piangere. O rompiamo questo anello, questa sorta di maledizione immobilista, oppure è veramente difficile guardare al domani con fiducia ed entusiasmo. E non possiamo semplicemente limitarci ad aspettare che l'orologio biologico segni il suo corso. Basta! Dobbiamo provarci, mettendoci in gioco.

Bisogna rottamare l'intera classe dirigente che siede in parlamento da trent'anni se vogliamo che il centrosinistra torni a vincere. Altrimenti non ce la faremo mai. Non vinceremo sicuramente con la generazione di chi è cresciuto a Botteghe Oscure e neanche con quella di chi rimpiange piazza del Gesù. I nostri padri politici vanno mandati a casa per quello che non hanno fatto più che per quello che hanno fatto. Per la speranza che non hanno saputo suscitare.

Tutti a dire come vogliono morire. Quello non vuole morire democristiano, e ha ragione. L'altro che non vuole morire comunista, e ha ragione. Quello che non vuole morire socialdemocratico o liberale, e hanno ragione anche loro. Dopo che tutti ci hanno spiegato come non vogliono morire, ci sarà qualcuno che si incarichi di raccontarci come vuol vivere, no? Ma dirlo così serve a poco. Occorre avere dalla nostra la freschezza delle idee e la tenacia di non mollare. È il momento di rilanciare, dunque, puntando sui contenuti.

Insieme ad alcuni amici di tutta Italia convochiamo un incontro a Firenze, affittando la vecchia stazione Leopolda. Una stazione è il luogo giusto per rimettersi in marcia e non a caso la manifestazione si chiama: «Prossima fermata: Italia». Per invitare alla partecipazione decido di scrivere due righe di invito la mattina presto, a mente fresca. Buon proposito, per carità, ma i contenuti sono pesantemente condizionati dalla forte moka casalinga: è un sobrio appello a fare la rivoluzione. La rivoluzione di novembre atto secondo, dunque. A volte ritornano.

Scrivo: «Fare la rivoluzione è sempre esaltante e pericoloso. Fare la rivoluzione a novembre può sembrare provocatorio e indelicato. Fare la rivoluzione a Firenze è suggestivo e persino romantico. Ma al di là di tutto, il problema è che fare la rivoluzione, oggi, è un imperativo morale irrinunciabile. Nessuna esagerazione, sia chiaro. Siamo gente di campagna, abituata al senso delle proporzioni: sappiamo non prenderci troppo sul serio. Ma sappiamo anche che l'Italia di questi giorni è un Paese impantanato, avvitato su stesso, imputridito in vicende bieche e incapace di declinare al futuro il verbo sognare, il verbo sperare, il verbo pensare. L'Italia ha caratteristiche straordinarie, uniche al mondo, un Paese portatore sano di entusiasmo e di intelligenze, di passione e di energia. Eppure passiamo il tempo inseguendo le società offshore che comprano case all'estero, viviamo di dichiarazioni banali e vuote di chi sguazza nell'acquario della politicuccia romana, aspettiamo le riforme gattopardesche che mortificano la Repubblica democratica fondata sul lavoro e affondata sulla rendita. I problemi sono gli stessi da vent'anni: una pressione fiscale allucinante a fronte di servizi non sempre all'altezza della pubblica amministrazione, la scuola e l'università pensate più in funzione dei posti da occupare che dei cervelli da far funzionare, il grande tema della giustizia affrontato solo per risolvere il problema di uno (che dite? Giochiamo a Indovina Chi?) e non di tutti, cittadini e aziende. E potremmo continuare con l'ambiente, la tecnologia, il lavoro, l'innovazione, i beni culturali e compagnia cantante fino ad arrivare alle questioni più spicciole come dimezzare indennità e numero dei parlamentari, risposta immediata e chiara al torrente in piena dell'antipolitica. Nel merito discuteremo di tutto questo alla stazione Leopolda. Quello che poniamo da subito è un problema di metodo: nel mondo civile i partiti rimangono sempre gli stessi ma i leader cambiano. Se perdono le elezioni i dirigenti politici si fanno una fondazione, scrivono un libro, danno suggerimenti ma vanno comunque a casa. Qualcuno di loro è talmente bravo che dopo dieci anni di governo lascia senza bisogno di perdere le elezioni. I partiti restano. I leader cambiano. I problemi si affrontano.

Da noi tutto va alla rovescia: i dirigenti politici si fanno le fondazioni, scrivono i libri, danno i consigli ma rimangono sempre lì, tenacemente abbarbicati allo strapuntino della seggiola. Non si schiodano e guai a chi li tocca. Si cambiano i partiti, si cambia il nome dei partiti, ma i leader sono gli stessi, con le solite facce, le solite idee, il solito linguaggio. Con un gruppo di amici abbiamo scelto di non nasconderci. Di non restare in silenzio, quatti quatti ad aspettare che il grande orologio biologico della cooptazione faccia scattare il nostro turno. Ci siamo buttati nella mischia con la lealtà di chi non ha niente da chiedere per sé se non il rispetto per le proprie idee. Ci hanno detto che siamo sfasciacarrozze e pierini, giovanotti e maleducati: noi abbiamo solo chiesto il rispetto di quella norma maleducata dello statuto del Pd che dice che dopo tre mandati si va a casa. Vorrà dire la prossima volta lo chiederemo per piacere: "Scusi, cortesemente, potrebbe rispettare le regole e lasciare quello scranno dopo qualche decennio?".

Non abbiamo grandi ambizioni, insomma. Vogliamo solo fare la rivoluzione. E vogliamo farla con il sorriso sulle labbra di chi vuole bene alla politica e si ritiene umiliato quando ne calpestano la dignità. Meritiamo di più dello squallore di questi anni: tocca anche a noi provare a cambiare la rotta, mettendoci faccia e cuore.»

La risposta in termini di partecipazione è commovente. Settemila partecipanti si registrano con nome e cognome e oltre trentamila persone ci seguono in streaming. Diamo vita a un festival delle idee e dei suggerimenti che preferisce la banda larga al ponte sullo stretto, che propone idee concrete per il futuro dell'Italia e che si costringe a tirar fuori le proprie proposte in cinque minuti massimo di tempo, con l'aiuto di filmati, immagini, poesie, canzoni, sms. Una rivoluzione del linguaggio che porta a spiegare il berlusconismo e l'antiberlusconismo con i fumetti di Willy il Coyote davanti agli occhi sorpresi ma forse divertiti dell'ex direttore dell'«Economist», Bill Emmott, che tutto si sarebbe aspettato, credo, meno che trovare italiani a discutere di politica tra un montaggio dei *Simpson* e la scena degli schiaffi alla stazione di *Amici miei* di Monicelli. Ma anche un'alluvione di contenuti, sulla sostenibilità ambientale come sull'occupazione giovanile. Sulla scuola come sulle partite Iva. Sui temi generazionali come sugli affitti in nero.

Non una parola in negativo contro gli altri, contro Berlusconi, contro il gruppo dirigente del Pd: una lunga carrellata di sogni e progetti per i quali investire la propria fatica personale, spendere del tempo insieme ad altre persone nel confrontarsi sul proprio futuro, non sulle appartenenze del passato. Anzi, quando da Roma arriva la notizia che i responsabili dei circoli del Pd, riuniti in contemporanea da Bersani per un'analisi della situazione politica, indirizzano «bordate di fischi e ululati a Renzi e ai rottamatori», come scrive l'agenzia Ansa, mi fermo a pensare per qualche istante. Ma com'è possibile che ci mandino bordate di fischi e ululati, mi domando incredulo. Siamo improvvisamente diventati i nemici da abbattere, proprio noi che chiediamo di fare politica sui contenuti e senza nemici ideologici? Ci rifletto un nanosecondo. Ma anche se roso dalla rabbia decido che è il momento di scoprire le differenze. Blocco gli interventi, leggo l'Ansa e dico che mi pare una buona occasione per mostrare che noi non ululiamo a comando e non sommergiamo di fischi nessuno. Anzi. Noi parliamo, ci confrontiamo, discutiamo. E spesso abbiamo argomenti sui quali non siamo d'accordo. Ma pensiamo che si debba fare politica senza scadere nell'insulto, ma misurandosi sulle proposte e sulle idee. Per questo chiedo all'assemblea di rispondere agli ululati con la civiltà di un applauso, alzandosi in piedi. È una scena fantastica, vista dal palco. Sembra una ola, come quelle che andavano di moda agli stadi vent'anni fa. Migliaia di persone si alzano, applaudono e neanche uno prova a fischiare o inveire.

Quando la tre giorni della stazione Leopolda termina, capisco che l'impatto dell'iniziativa è talmente forte che la vera sfida difficile diventa gestirne il successo dopo. Infatti non ci lega semplicemente una critica «a quelli di prima» ma la voglia di inserire contenuti e innovazione nella discussione politica. E se tra di noi ci sono anche chiacchieroni di professione, è anche vero che siamo circondati di amministratori – tanti, molti di più di quanti aspettassimo – che provano a concretizzare nella sfida del governo locale i temi e i concetti della sinistra vincente e convincente, dall'ambiente alla tecnologia. Dunque, la rottamazione non è un concetto vuoto, inventato da qualche battutista o tessitore di slogan, ma una provocazione forte alla politica tradizionale. Perché si cambi davvero. Purché si cambi davvero.

Il rischio più elementare che corriamo è quello di farci trasformare nell'ennesima corrente o correntina del Pd. Ti ritagli un ruolo, ti danno qualche posto qua e là, hai spazio sui giornali, diventi anche tu un piccolo pesciolino dell'acquario democratico. Così facendo, qualcuno gratifica il suo ego ma tutti perdiamo l'occasione di provare davvero a cambiare le cose. E passiamo il tempo a parlare di noi, delle primarie, delle alleanze, delle strategie.

La scelta della segreteria Bersani di rimettere in discussione il modello di partito è preoccupante. Io sono uno di quelli che ha creduto fortemente nell'idea di superare le divisioni del passato per provare a rimettere al centro l'idea dell'Italia più che le singole appartenenze. Quando nacque il Pd, quattro anni fa, fu un giorno bello. Una scelta rivoluzionaria. Storie diverse che si mettono insieme in un Paese dove solitamente spuntano come funghi piccoli partitini che si dividono tra sé, arrivando a scindere l'atomo pur di giustificare i piccoli egocentrismi. Una nuova storia che dava aria alla politica italiana, come quando apri le finestre dopo giorni in cui tutte le stanze sono chiuse. Nacque il Pd e provammo a cambiare stile, linguaggio, comportamenti. La prima assemblea nazionale, tutti insieme, ci lasciò quasi sorpresi. Arrivai dentro la grande sala della Fiera di Roma insieme a Paolone, figura storica del Pci fiorentino, e poi di Pds e Ds. Un toscanaccio straordinario, che andava fin da bambino a vendere «l'Unità» la domenica, mentre le sorelle andavano in chiesa. Ogni tanto (ogni poco) gli scappa un moccolo, colorito come solo in Toscana può avvenire. Però, ci tiene a spiegarmi, ogni anno fa il presepe, il presepe fatto a modino, non come queste cose moderne che vanno di moda oggi. Mentre entravamo insieme nei locali che ospitavano l'assemblea, si fermò un attimo, mi guardò e mi disse: «Nanni, se cinque anni mi avessero detto che sarei finito nello stesso partito in cui tu ci sei te, ti giuro avrei detto: "È più facile che mi porti a letto la Naomi Campbell che finisca nello stesso partito del Renzi".» Pausa di sospensione. «E invece, maremma ragazzi, m'è andata male anche su questa.»

Il racconto che Veltroni propose al Lingotto, al momento del lancio del programma del partito, era convincente. Non funzionò come avrebbe potuto soltanto perché gli interpreti di quella storia erano gli stessi delle puntate precedenti. Un film inedito, che puntava a sparigliare ma che aveva il solito cast di sempre. E questa diventò la sua debolezza insormontabile. Una bella storia, raccontata però dalle stesse facce di sempre. Non puoi raccontare una cosa nuova con le solite facce. Veltroni aveva ragione a parlare di ascensori sociali, di mobilità, di innovazione, di apertura alla società, di partito leggero e di pensieri pesanti. Aveva ragione, ma purtroppo non era credibile. Perché l'album di famiglia, dietro di lui, diceva il contrario.

Pierluigi Bersani, che conosco poco ma per quel poco che conosco mi sembra una persona perbene, ha colto la contraddizione tra la storia e i narratori. Ma anziché cambiare le facce, sta cambiando la storia. È tornato cioè a un'idea di partito novecentesca che ormai non esiste più neanche a Cuba. Combatte la personalizzazione della politica nel tempo della comunicazione globale, con argomenti anche nobili, ma con la stessa credibilità di chi vuole mettere in discussione il fatto che la mattina sorga l'alba. Può piacere o meno, ma non dipende da te. Invita a non fare un feticcio delle primarie e ha ragione perché dovrebbero contare i contenuti più che i contenitori. Ma questo è un tempo nel quale una legge elettorale sciagurata, definita signorilmente dal suo ideatore Calderoli «una porcata», ha tolto ai cittadini il diritto di scegliersi il deputato di collegio e contemporaneamente non ha reintrodotto la preferenza, consentendo così alle segreterie di partito di fare casting avendo in mano l'elezione dell'ottanta per cento dei parlamentari. Una legge infame, il porcellum. Con la classe dirigente toscana, anche della sinistra, che ha molto da farsi perdonare avendo inventato un sistema analogo per la nostra regione qualche anno prima: se Calderoli ha fatto il porcellum, noi ci siamo avvantaggiati con il cinghialum. Io sono tra quelli che un giorno sì, e l'altro pure, interviene sui consiglieri regionali toscani perché mettano la parola fine a questa vergogna facendo una legge elettorale degna di questo nome. Ma sono anche tra quelli che pensa che finché non creiamo un nuovo rapporto tra rappresentati e rappresentanti, le primarie fatte bene costituiscono l'unica ancora di salvezza per evitare di rinchiudersi nel palazzo e buttar via le chiavi.

Per come ce l'ha illustrata sino a oggi, l'idea di partito che Bersani e i suoi hanno nel cuore e nella testa è un'idea di partito del secolo scorso. Ma proprio per questo chi condivide l'idea della rottamazione per come l'abbiamo espressa deve evitare accuratamente di diventare una parte di quel gioco. Deve evitare accuratamente di diventare una correntina di quel grande partito popolare che qualcuno vorrebbe ricostruire dimenticando che nel frattempo il popolo non vuole più un partito dentro il quale militare, vivere, sposarsi, appartenere in modo ideologico, ma vuole occasioni di confronto semplici, soft e innovative.

Chi condivide l'idea della rottamazione sa che la partita vera, oggi, è un'altra. È quella di restituire dignità all'impegno politico. Che poi, pensandoci bene, è anche il succo di questa piccola storia personale che ho cercato di scrivere, con il cuore in mano, tra le poche pause che l'essere sindaco consente. Non è solo una questione anagrafica, anche se questo tema esiste ed è forte. Ci hanno fatto la morale su tutto e il contrario di tutto. In realtà ci hanno preso per il naso. Ci hanno raccontato un sacco di balle. Ci hanno raccontato che quello era stato il secolo breve e che la storia era finita. E il bello è che ce la siamo anche bevuta, facendo finta di crederci. Poi ci siamo scoperti ad assistere storditi al massacro di Sarajevo, ai machete in Rwanda, alle gole sgozzate davanti a riprese tv artigianali in Afghanistan. Abbiamo assistito alla vergogna dei Caschi blu a Srebrenica. Possibile che non sentiamo un po' di vergogna? I rottamandi, quelli che stanno lì da anni, pensano che noi siamo cresciuti a pane e superficialità, leggendo solo «Topolino». Che, per carità, non è mica una lettura malvagia. Ma che ne sanno loro delle volte in cui abbiamo pianto leggendo Dag Hammarskjöld e sognando le Nazioni unite come istituzione in grado di renderci orgogliosi della nostra cittadinanza globale. Non raccontiamoci balle: nel mondo globalizzato, i trentenni non sono bamboccioni. I trentenni stanno cambiando il mondo. Non parlo solo dei ragazzini prodigio che inventano aziende e rivoluzionano il settore della tecnologia e del web, anche se gli esempi di Sergey Brin e Larry Page in Google prima e Mark Zuckerberg in Facebook poi sono paradigmatici. Insomma, la questione è anche anagrafica.

Ma la carta d'identità serve a poco se non hai il coraggio di proporre una visione. E di metterti in gioco per essa. Facendo fare un salto di qualità alla politica italiana. Le questioni sul tappeto sono le stesse quasi ovunque: è il modo di affrontarle che cambia. Il ruolo della donna in politica è il grande tema del nostro tempo. Poi c'è chi risponde eleggendo un cancelliere come la Merkel, chi risponde eleggendo un presidente come la Rousseff che guida adesso una delle economie più in crescita a livello globale e c'è invece chi risponde eleggendo la Santanchè. In una società plurale la sfida dell'immigrazione è decisiva. Noi stiamo a parlare di immigrazione tra una nipote di Mubarak e una polemica ideologica leghista: negli Stati Uniti contro il primo presidente afroamericano della storia (con quel nome in qualche valle non solo padana non lo avrebbero candidato neanche per la bocciofila!) potrebbe scendere in campo un ragazzo di origini ispaniche nato negli anni Settanta, vincitore di una competizione difficile in Florida, giocata anche contro il suo partito: Marco Rubio. Altro che nipoti di Mubarak o battute leghiste: se un Paese ha una forte identità e politiche di integrazione serie, si può permettere di tutto. Anche di vedere la Casa Bianca in bilico tra Obama e Rubio. La destra americana ha Rubio, la destra italiana Ruby: si potesse comprare una vocale, come ai tempi di Mike Bongiorno, sarebbe tutta un'altra cosa.

Ma è proprio la democrazia americana che ci può insegnare molto. Nel 2000 il giovane militante democratico e avvocato di Chicago Barack Obama non riuscì a partecipare alla convention del suo partito a Los Angeles, quella che elesse Al Gore. Non aveva il pass, non entrò. Insomma, non se lo filava nessuno. Quattro anni più tardi, a Boston, alla convention che indicò John Kerry, fu l'autore del discorso introduttivo al candidato. Nel 2008 fu il candidato alla convention di Denver, dopo aver sconfitto la macchina elettorale più forte e incredibile che fosse mai stata supportata economicamente dai democrats, quella della famiglia Clinton. Dopo qualche mese diventò il quarantaquattresimo presidente degli Stati Uniti d'America. In otto anni passi da signor nessuno a presidente, chiamandoti peraltro non John Smith, ma Barack Hussein Obama nel decennio della guerra al terrorismo in Iraq e Afghanistan. Otto anni, un'era geologica per la politica americana. In otto anni in Italia i deputati, poveretti, non fanno neanche in tempo ad ambientarsi a Roma. Rispetto agli altri Paesi cambiamo classe dirigente con i tempi della moviola, in una democrazia al rallentatore.

Le critiche a Obama sono sempre forti, fortissime. Chi lo accusa di aver fatto poco per l'economia, chi lo accusa di aver fatto troppo eccedendo nell'intervento pubblico nel periodo più delicato della crisi. Chi lo accusa di aver tradito le aspettative, chi di aver volato troppo alto. Quello che è certo è che Obama ha riportato a credere nella politica interi pezzi di opinione pubblica mondiale. E a chi contesta l'attuale leadership americana mi verrebbe voglia di rispondere: «dateci un Obama in sedicesimo e poi se ne riparla».

Molti dei gesti simbolici di Obama finiscono nella cronaca mondiale. Ma credo di poter dire senza esagerazione che alcuni suoi discorsi finiranno nella storia di quel grande Paese. Da quello del New Hampshire in cui dopo la prima sconfitta con la Clinton alle primarie capì comunque che la partita si poteva vincere e ritmò «Yes, we can» in modo fantastico a quello di Berlino in cui parlò all'Europa e al mondo fino al Cairo sul rapporto tra fede e politica contro il fanatismo religioso. E allora mi piace chiudere citando uno degli ultimi discorsi del presidente Obama, proprio sul valore forte dell'impegno politico. In Arizona, una strage ha ferito una deputata democratica e colpito a morte sei persone. Una di queste si chiamava Christina Taylor Green ed era nata in un giorno particolare per gli Stati Uniti. Obama la ricorda così: «Immaginate, immaginate per un momento. Qui c'era una ragazzina che stava appena iniziando a essere consapevole della democrazia; stava appena iniziando a comprendere i doveri dell'essere cittadina; iniziava a mettere a fuoco il fatto che un giorno anche lei avrebbe potuto essere importante per il futuro della nazione. Era stata eletta nel consiglio della sua scuola. Vedeva il fatto di mettersi al servizio della comunità come una cosa entusiasmante e incoraggiante. Era là per incontrare la sua deputata, qualcuno di cui si fidava e che poteva essere un modello di riferimento. Vedeva tutto questo attraverso gli occhi di una bambina, immuni al cinismo e alle invettive che noi adulti diamo spesso per scontati. Voglio mantenere in vita le sue aspettative. Voglio che la nostra democrazia sia bella come Christina l'aveva immaginata. Voglio che l'America si comporti bene come aveva immaginato lei. Tutti noi, tutti dovremmo fare tutto ciò che è nelle nostre capacità per fare in modo che questo Paese mantenga in vita le aspettative dei nostri bambini. Come è già stato detto, Christina era nata l'11 settembre del 2001, uno dei cinquanta bambini nati in quel giorno e ritratti nel libro *Faces of Hope*. Accanto alla sua foto in quel libro c'erano i desideri semplici dei bambini. "Spero che darai una mano a chi ne ha bisogno" diceva uno di questi. "Spero tu conosca tutte le parole dell'inno nazionale e spero tu le voglia cantare con la mano sul cuore." "Spero tu possa saltare nelle pozzanghere." Se ci sono delle pozzanghere in Paradiso, spero che Christina ci possa saltare dentro oggi. E qui sulla Terra mettiamo le nostre mani sui nostri cuori e impegniamoci come americani a realizzare un Paese che sia per sempre degno della sua gentilezza, del suo spirito felice.»

Un Paese degno del suo spirito felice, un Paese in grado di mantenere in vita le aspettative dei bambini. Dovremmo provarci anche noi rottamatori della vecchia politica. Senza necessariamente andarcene fuori. Senza necessariamente lasciare l'Italia, ma provando concretamente a cambiarla.

# Domani

«Ma perché non parliamo delle cose che intendo fare domani?»

*Bruno Munari*

Uscire fuori e respirare a pieni polmoni non significa lasciare l'Italia. Nessuna paura dell'estero, sia chiaro. Sono il sindaco di una città che deve molto agli stranieri, non solo sotto il profilo turistico. Gli americani ci arricchiscono non solo per i dollari che lasciano sul territorio, ma anche perché la concentrazione di università a stelle e strisce intorno alla città di Amerigo è fuori dalla norma. Ci sentiamo europei non solo per formazione culturale ma anche perché l'unica istituzione accademica supportata dalla Commissione europea, l'Istituto universitario europeo, ha sede sul nostro territorio. E guardiamo con gioia alla generazione Erasmus che spende una parte della propria formazione sul nostro territorio ma anche con apprensione alla fase che l'Europa sta vivendo, anche in alcuni Paesi civilissimi come l'Olanda e l'Austria in cui ondate di razzismo e xenofobia sembrano mettere in discussione decenni e secoli di civiltà e accoglienza. Guardiamo alla Cina come a un'opportunità prima che una minaccia e giochiamo tutte le nostre carte per intensificare le nostre relazioni globali.

Insomma, non ci sentiamo asserragliati nella Firenze chiusa e provinciale. Ma sappiamo di poter guardare fuori dai nostri confini.

Ma guardare fuori non può significare scappare. Il rettore della Luiss, Pierluigi Celli, già manager di lungo corso, direttore generale della Rai e personalità del mondo economico italiano, ha scritto una lettera aperta al figlio, pubblicata in prima pagina da un autorevole quotidiano nazionale. Il titolo dice già molto: «Figlio mio, vattene dall'Italia». Vattene dall'Italia, sembra dire Celli, perché abbiamo fallito e questo Paese non è bello come avremmo dovuto lasciarvelo. E dunque? Dunque vattene e fai la tua carriera dove vorrai.

Il mondo piatto e globalizzato offre opportunità ovunque. Liberi noi di giocarci le nostre chance ove preferiamo. Ma il ragionamento di Celli è inaccettabile sotto il profilo educativo e quello politico. Se tu sei un manager come Celli – che tra l'altro io stimo molto – e hai guidato aziende significative e poi la televisione di stato (cioè, dico, la Rai, non Telelibera Firenze!) e infine sei a capo di una università importante e dici che questa Italia non ti piace, non devi invitare tuo figlio alla fuga. Devi andartene tu, al massimo. Sei tu che hai fallito. Nulla di personale con Celli, sia chiaro. Il ragionamento è troppo ghiotto per non costruirci una riflessione che tocca il rapporto tra generazioni. L'invito ad andarsene diventa infatti l'ennesimo segno di arroganza di una generazione che ha buttato al vento la propria occasione di cambiare le cose e si riserva comunque di darci buoni consigli, dopo averci dato cattivi esempi. Una sorta di dritta a metà tra la morale paterna e i consigli per gli acquisti.

Avete fallito voi? Succede. Adesso spostatevi, tocca a noi. Tocca a noi uscire fuori dall'ipoteca della vostra incapacità e lanciare un'opa sul nostro domani. Dobbiamo uscire fuori, non scappare dall'Italia. Fuori dal palazzo, fuori dal chiacchiericcio quotidiano, fuori dal perimetro dell'ideologia, fuori dalla fiction. Fuori dallo squallore che ti prende quando scopri che un ministro si ritrova con case comprate per lui, a sua insaputa. Fuori significa uscire, a non intristirsi su una poltrona, non impigrirsi su un rimpianto, non adagiarsi sulla commiserazione ma alzarsi, mettersi in marcia, cambiare ritmo. Fuori, fuori dalla nostra rassegnazione.

Significa trasformare la reazione cinica di chi dice «Tanto sono tutti uguali» in un'azione civica di chi prova a cambiare davvero. Fuori dal coro, anche a costo di prendersi qualche insulto: capita, ma va bene così.

Adesso tocca a noi. Ridare fiato al Pd, ma soprattutto ridare slancio all'Italia. Contro i soliti noti, contro tromboni e trombati, contro una generazione che ha già sprecato la propria opportunità di cambiare le cose.

Sarebbe bello farlo insieme a loro. Ma temo che sia possibile farlo solo dopo averli sconfitti. Non ci lasceranno spazio. Forse è anche giusto che non lo facciano e che tocchi a noi cacciarli. Se davvero pensiamo che gli altri, loro, abbiano fallito, ora è il tempo di mettersi in cammino. Noi siamo esattamente quelli che stiamo aspettando. Non ci sono alibi, non ci sono motivazioni per fuggire. Quando tocca a noi, tocca a noi. Una nuova generazione contro le degenerazioni di chi ci ha preceduto. Se hanno fallito, non è certo nostra responsabilità. Ora fuori. Che tornino a casa loro e consentano a noi di provarci. Forse sbaglieremo anche noi. Ma perlomeno sbaglieremo in modo diverso. Potremo fallire per incapacità, ma non per consunzione. La nuova generazione non potrà essere un'accozzaglia di cooptati che sostituiranno per sfinimento la classe dirigente precedente. Non potremo essere questa roba qui. Per il semplice fatto che o saremo altro oppure saremo spazzati via noi, giustamente, a calci nel sedere. È il momento di rimboccarci le maniche. E per farlo bisogna iniziare con il mandare a casa i nostri. Questo è il nostro tempo, il tempo del coraggio.

Mandare a casa i nostri mi pare la precondizione indispensabile per provare a mandare a casa gli altri, un centrodestra che ha saputo vincere tante volte le elezioni senza mostrare quell'effettiva capacità di governo che persino gli elettori berlusconiani oggi rimproverano. È demagogico dire tutti a casa? Sì, parzialmente sì. Ma ci sono dei momenti in cui occorre rischiare di vincere cavalcando la demagogia piuttosto che essere sicuri di perdere adagiati sull'apatia. L'antipolitica in Italia è un fiume in piena. O ci attrezziamo o rischia di rovinare le città. Come tutti i fiumi in piena ha bisogno di rompere l'argine. Occorrono zone controllate in cui far defluire le acque. Fuori di metafora: in tempi estremi, rimedi estremi.

Mi sono guardato allo specchio e ho visto i miei primi capelli bianchi, nonostante i trentasei anni. Non mi va di passare il tempo a fare il giovane antisistema, il rivoluzionario da palazzo: voglio cambiare le cose davvero. Ho già ricevuto dalla politica l'emozione più grande: essere il custode dei sogni della comunità in cui sei nato e che ti ha fatto crescere. Oggi vivo il desiderio profondo di vedere la mia città trasformata. E per questo e a questo dedico il mio impegno politico. Ma nessuno può pensare che Firenze sia un'isoletta in alto mare. E il sentimento di disgusto e di nausea che la politica suscita preoccupa tutti. Ci meritiamo qualcosa di più di un'Italiuccia piena di gente che raccomanda il figlio per fare l'attore e che vuole come tangente un Suv perché altrimenti si sente un padre fallito.

Dobbiamo costringerci a uscire, a tornare a correre nelle praterie, a lasciare respirare il nostro ideale. Fuori, fuori da questa cappa asfissiante che ci fa prendere a botte il niente e sciupa i desideri più belli. Fuori, fuori da questo chiacchiericcio insopportabile che ci rende tutti raggrinziti e incapaci di vedere più in là del nostro naso. Fuori.

Le cose che dovevamo dire le abbiamo già dette tutte. Ora si tratta di smettere di chiacchierare e realizzarle, per costruire un Paese di cui andare fieri. Eravamo una frontiera, oggi siamo una palude. Ma possiamo uscirne. Fuori!

Lunghi anni di sfegatato tifo per la Fiorentina, che non mollerò mai, e numerose sconfitte elettorali nazionali, che spero invece prima o poi di interrompere, non mi hanno ancora vaccinato a quel gigantesco luogo comune per il quale l'importante è partecipare. Idea olimpica, certo, che però sembra anche essere divenuto il vero slogan di una certa sinistra. Con tutto il rispetto per De Coubertin – non molto sincero, perché mi è sempre rimasto piuttosto antipatico – io vorrei vincere, non partecipare.

Per farlo oggi c'è bisogno di uno scarto di lato per compiere uno scatto in avanti. Basta con il racconto di un Paese sfigato governato da persone tristi. Io non voglio proporre il sorriso plastificato di chi dice che va sempre tutto bene, di chi dice che la crisi in Italia non c'è e mezzora dopo la crisi è già passata. Ma il racconto di un Paese in cui è bello stare. E dove per stare in equilibrio bisogna correre, cambiare, rinnovare i pensieri, trasformare la mente. Un Paese in cui il gusto e il piacere di fare cose belle non sia sopraffatto dal tristismo, dalla rivendicazione sterile, dall'ansia di farsi del male da soli. Un racconto che parta da ciò che questo Paese è: un posto che evoca bellezza, produce bellezza, richiama bellezza. E che dovrebbe essere all'altezza dei sogni che ispira nel mondo.

Dobbiamo impegnarci con coraggio, non rassegnarci alla paura. Dobbiamo decidere se vogliamo provare a domare le stelle, puntando in alto. O se ci accontentiamo di vivere impigriti, facendo a botte con il nulla. Se provare a vivere di entusiasmo o accontentarci di noia e sbadigli.

L'ottimismo oggi sembra volgare. Sembra fuori moda. A Firenze, per tornare da dove siamo partiti, gli ottimisti corrono il forte rischio di «passare da bischeri». E tuttavia credo che anche questo rischio vada corso. È già in atto nel Paese una reazione profonda alla mediocrità ristagnante di certa politica. Tocca a noi decidere se provare a cavalcare l'onda. Un grande poeta fiorentino che ha attraversato il Ventesimo secolo forte della propria penna, Mario Luzi, ci ha invitato a levare alto i pensieri e stellare forte la notte. Sono espressioni che mi piacciono molto. Devono essere particolari le stelle del cielo di Firenze: sono le stelle cui pensa Dante quando chiude le tre cantiche. Sono le stelle che indicano a Galileo una verità rivoluzionaria. Sono le stelle che ispirano la poesia di Mario Luzi. Nel nostro piccolo, anche noi dobbiamo provare ad alzare il naso, fuori dal tran tran quotidiano. E stellare forte la notte di una politica italiana che aspetta da troppo tempo un cambiamento radicale. Possiamo provarci e dobbiamo farlo. Saremo accusati di arroganza e arrivismo. Ma meglio essere accusati di arroganza oggi che processati per diserzione domani.

# Indice

Finito di stampare nell'aprile 2011 presso
il Nuovo Istituto Italiano d'Arti Grafiche - Bergamo

Printed in Italy